I coralli

Pubblicato in accordo con The Italian Literary Agency, Milano
www.einaudi.it

ISBN 978-88-06-21315-2

Andrea Bajani

Un bene al mondo

Einaudi

Per i bambini che siamo stati.
E per quelli che, crescendo, siamo diventati.

Un bene al mondo

la casa è il cubo dell'infanzia
la casa è il dado della commozione

ZBIGNIEW HERBERT

Zbigniew Herbert, *Rapporto dalla città assediata*, trad. it. di Pietro Marchesani, Adelphi, Milano 1993.

Anche se questa non è una favola per bambini bisogna che io cominci scrivendo C'era una volta, perché era proprio una volta che c'era un bambino.

C'era un bambino che aveva un dolore da cui non voleva mai separarsi. Se lo portava dappertutto, ci attraversava il paese per andare a scuola tutte le mattine. Quando arrivava in classe, il dolore si accucciava ai suoi piedi e per cinque ore se ne stava senza fiatare. All'intervallo il bambino lo portava con sé in cortile, e all'uscita da scuola riattraversava il paese al contrario con il dolore di fianco. Quando arrivava a casa si lavava le mani, perché cosí gli avevano insegnato sua madre e suo padre. Poi apriva lo sportello del frigorifero, controllava se c'era qualcosa di pronto, e se non c'era niente si preparava degli spaghetti con il pomodoro. Quindi stendeva una tovaglia sul tavolo e mangiava. Il dolore montava sulla sedia accanto, e mentre mangiava, il bambino lo accarezzava. Quando c'erano i genitori, invece, il dolore stava tra i piedi del suo padrone. Di tanto in tanto, il bambino faceva sparire la mano sotto il tavolo e gli offriva un pezzo di pane. Il dolore avvicinava il muso alla mano, e dopo gli leccava le dita.

Anche quando il bambino andava in bicicletta nei boschi, il dolore gli correva accanto. Non aveva bisogno di guinzaglio perché non sarebbe mai scappato, e non aveva bisogno di museruola perché non avrebbe comunque fatto del male a nessuno. Il dolore era fedele al bambino, ed era solo con il bambino che voleva giocare. Mentre il bambino pedalava, il dolore a volte correva piú veloce di lui con la lingua che gli pendeva tra i denti. Altre volte, viceversa, restava un po' indietro per riprendere fiato e dopo ritornava con uno scatto accanto ai pedali del suo padrone. Quando arrivavano al ruscello, il bambino appoggiava la bicicletta contro il tronco di un albero. Poi cercava dei pezzi di legno e delle foglie, e con quelli costruiva una barca e lasciava che salpasse verso il mare. Il dolore gli portava le foglie e i rametti e si avvicinava alla riva per vederla partire. Quindi tornavano verso casa passando per i boschi. In paese, a volte incontravano dei compagni di scuola. Stavano fermi a guardarli giocare con il pallone in mezzo alla piazza. Il bambino pensava che avrebbe voluto giocare anche lui, ma poi restava fermo a guardare.

La sera il bambino si lavava, perché cosí gli avevano insegnato. Poi si metteva il pigiama. Sua madre e suo padre guardavano la televisione, e quando lui si affacciava a piedi nudi per la buonanotte non si voltavano. Alzavano la mano da dietro il divano. Il bambino e il suo dolore si incamminavano lungo il corridoio, che la sera sembrava infinito. Quindi aprivano e chiudevano la porta della camera, e il bambino si infilava sotto le coperte. C'era un giaciglio accanto al letto perché il dolore avesse un suo posto e una coperta per ripararsi dal freddo. Ma il dolore non ci dormiva mai. Saltava sul letto e si addormentava appoggiando la testa sui piedi del suo padrone. A metà della notte si infilava sotto le coperte con il bambino e lo riscaldava alitandogli in faccia fino al mattino. E quando suonava la sveglia, la prima cosa che faceva il bambino, ancora prima di aprire gli occhi, era cercare il dolore col braccio.

Tutti i giorni, il bambino portava fuori il dolore almeno tre volte. Dopo un po' che stavano in casa, il dolore cominciava a mordergli i pantaloni finché il bambino non si accorgeva di lui. Allora gli accarezzava il muso e per qualche minuto il dolore si tranquillizzava. Se però sentiva la voce del padre levarsi in cucina, il dolore riprendeva a mordere il bordo dei pantaloni. La prima cosa che il bambino faceva, in quel caso, era chiudere la porta. Il dolore si acciambellava sul pavimento e il bambino restava seduto per terra a guardare fuori dalla finestra. Poi il dolore iniziava di nuovo a lamentarsi. Se il bambino faceva finta di niente, il dolore andava a mettersi davanti al vetro, di modo che il bambino non potesse vedere altro che lui. Quando non ne poteva piú, il bambino si alzava, allontanava il dolore e s'infilava le scarpe. Bastava che prendesse in mano una scarpa perché il dolore iniziasse a saltare. Aprivano la porta della stanza, si incamminavano lungo il corridoio infinito e andavano fuori.

Il bambino non voleva mai attraversare la piazza, ma per raggiungere il bosco quella era la strada piú breve. Cercava di tenersi lontano dalle panchine dove c'erano gli altri bambini. I maschi stavano seduti sulla spalliera, con i piedi sulla panchina. Le femmine vicino ai piedi dei maschi. Il bambino teneva la testa abbassata, il dolore gli camminava di fianco. Il piú delle volte nessuno si accorgeva di loro. I maschi continuavano a urlare, le femmine a ridere a ogni urlo dei maschi. Cosí il bambino poteva attraversare la piazza per poi prendere a destra e raggiungere i boschi.

Quando vedeva l'asilo, il dolore cominciava a ringhiare con il pelo alzato sopra la schiena. Qualche volta si lanciava correndo verso il portone e abbaiava fino a strozzarsi. Il bambino non capiva se era perché odiava quel luogo o perché, al contrario, voleva tornarci. Allora si piegava sulle ginocchia, lo accarezzava e il dolore scodinzolava contento. Poi riprendevano a camminare in direzione dei boschi, e dopo un po' cominciavano a correre.

Cosí come il bambino era un cucciolo di essere umano, il dolore era un cucciolo di dolore. Aveva il pelo corto e gli occhi che chiedevano tutto. Per questo il bambino lo accarezzava e gli dava tutto quello che aveva. Ogni volta che passava davanti all'asilo, il bambino guardava i disegni attaccati con lo scotch ai vetri delle finestre e si ricordava di quelli che aveva disegnato anni prima. Disegnava sempre un bambino e il suo dolore, e quando la maestra gli chiedeva perché non provava a disegnare anche qualcosa di diverso, il bambino diceva che ci avrebbe provato. Cosí disegnava degli alberi, delle case, il cielo pieno di uccelli, il sole e una macchina senza colore. Solo che tutto quello che disegnava assomigliava al suo dolore. La maestra se ne accorgeva ma non diceva niente. Gli poggiava una mano sopra la testa e diceva al bambino che il suo nuovo disegno era bellissimo perché c'era anche il resto del mondo. Quando sentiva la mano della maestra sopra la testa, qualche volta una lacrima gli scendeva sulla parte destra del viso. Veniva giú veloce e senza incertezze perché ormai conosceva la strada.

Era a tutto questo che pensava il bambino quando passava davanti all'asilo andando nei boschi. E guardando il dolore che gli zampettava di fianco, pensava a quando era piú piccolo e poteva quasi tenerlo dentro una mano. Ma poi si diceva che in fondo il suo dolore era bello anche cosí, nonostante fosse diventato piú goffo. Era sempre fedele e il bambino sapeva che non l'avrebbe lasciato mai solo. E dentro quel pensiero cercava riparo ogni giorno.

Quando il bambino era nato, era un giorno a metà dell'estate, anche se forse sarebbe piú esatto dire che quando il bambino era nato l'estate cominciava a finire. C'era il sole fuori dalla finestra e tutti erano al mare. Tutti i bambini che venivano al mondo in quei giorni erano rossi e roventi. Gli infermieri e i dottori insegnavano alle mamme e ai papà a raffreddare i loro neonati. Le mamme piú esperte sapevano che la soluzione piú semplice era quella di unire le labbra e soffiare piano sulla testa dei loro bambini tenendoli in braccio. Lo insegnavano anche alle mamme appena arrivate. Le stanze degli ospedali erano tutte un soffiare su quelle piccole teste roventi, mentre poco piú sotto le bocche dei figli succhiavano i seni. I capelli si sollevavano e tornavano giú, attraversati dal vento che le madri facevano. Poi la poppata finiva. I neonati allargavano i piedi e le mani, si staccavano dai capezzoli, e le madri continuavano a soffiare aria sulla fronte e sorridevano delle smorfie che facevano i figli.

Le mani del bambino non si scaldavano mai. Non aveva la testa sudata e non diventava rosso come gli altri bambini. I dottori si chiedevano come fare. Non aveva problemi di circolazione, pesava quel che era giusto pesare. Tutti gli esami dicevano che era un bambino in buona salute. I medici e gli infermieri facevano domande alla madre, ma la madre dava risposte di poche parole. Aveva molto sonno e appena poteva dormiva. Cosí il bambino stava dentro una culla metallica accanto al suo letto e aspettava che succedesse qualcosa. Ogni tanto passava qualche infermiere, gli toccava le mani, e vedeva che oltre a essere fredde, le mani erano gialle. Quando poi aveva fame, il bambino piangeva, la madre si svegliava e gli dava da mangiare quello che le avevano prescritto i dottori. All'inizio aveva provato a offrire il seno al bambino e il bambino ci si era attaccato. Solo che il seno era vuoto, e quindi era solo il vuoto quello che il bambino beveva dal capezzolo di sua madre. Lo sentiva grattare lungo la gola e scendere giú. Il bambino succhiava vorace, e voracemente si riempiva di vuoto. Era gonfia di vuoto la pancia, era gonfio di vuoto tutto il suo corpo. Il vuoto bagnava la camicia da notte della madre, e per quanto lei si asciugasse ne restava sempre impregnata. Ma il vuoto non toglieva la fame al bambino, ed era per questo che i dottori avevano fornito dell'altro latte alla madre. Cosí il bambino aveva ripreso a mangiare. Mentre mangiava, la mamma non gli soffiava sulla testa perché non era paonazzo, e non gli sorrideva perché era infelice.

Il terzo giorno la mamma gli aveva lasciato il dolore. Gliel'aveva messo dentro la culla metallica e poi aveva ricominciato a dormire. D'istinto il bambino l'aveva preso tra le mani e aveva iniziato a giocarci. Cosí aveva smesso di aspettare che sua madre si svegliasse per giocare con lui. Mentre la mamma dormiva nel letto, il bambino rideva e la temperatura saliva. Durante quei giorni nessuno andò a trovare la madre e il bambino neonato. I parenti delle altre donne gonfiarono e sgonfiarono la stanza a ritmi regolari. A ritmi regolari la madre si svegliò poi tornò a dormire, e il bambino dormí e giocò con il suo dolore. A quel tempo gli occhi del bambino vedevano soltanto ombre confuse. La mamma era un'ombra grande distesa su un letto, il dolore un'ombra piú piccola che lui cercava di mettere a fuoco. Il dolore gli faceva il solletico ai piedi, e il bambino apriva la bocca e rideva. Intanto i dottori si erano resi conto che le mani avevano cambiato colore e a poco a poco si stavano scaldando. Cosí avevano detto alla madre che poteva tornare a casa con il figlio. Lei aveva ringraziato, e aveva sistemato dentro una borsa tutte le cose. Poi aveva preso in braccio il dolore e aveva capito che doveva portare a casa anche lui. Quindi aveva salutato le altre donne della stanza con un sorriso che era un taglio in mezzo alla faccia.

Infine era arrivato anche il padre. Era entrato in ospedale per portare via il bambino e la moglie. E come le altre volte, anche quel giorno era stato evidente a tutti quello che sarebbe successo. Perché anche il padre aveva un dolore, ma era un dolore molto piú grosso di quello che la mamma aveva lasciato al bambino. Era cosí grosso che per quanto il padre fosse forte, difficilmente riusciva a tenerlo al guinzaglio. Perciò spesso si liberava con uno strappo e aggrediva chiunque gli passasse vicino. Apriva le fauci, latrava e dopo si sentiva l'urlo di chi era stato colpito. Cosí anche il giorno in cui il bambino doveva uscire dall'ospedale, tutti avevano capito quando il padre era entrato nell'edificio. C'era stato prima uno sbattere di porte ai piani, e poi si era sentito un silenzio che come un plotone saliva le scale. Passava e si mangiava ogni rumore, ogni voce, ogni risata, persino ogni cigolio di carrello o rimestare di piatti. Dopo il suo passaggio non restava piú niente, un mondo di suoni imbavagliati dalla paura di quel dolore che apriva la strada.

Il padre si era affacciato nella stanza, aveva salutato la moglie, e lei gli aveva consegnato il bambino. Poco dopo erano in macchina. Il paese in quel giorno d'estate era vuoto com'erano vuoti il seno e gli occhi della madre. Sopra di loro si allargava la sagoma del dolore del padre. Mordeva i sedili, ringhiava contro il finestrino, li guardava come volesse mangiarli, e dopo non li mangiava.

Quando il bambino attraversava la piazza, erano passati già molti anni da quel giorno a metà dell'estate. Il tempo era stato soltanto una ripetizione di gesti. Anche se moltiplicato per giorni o per anni, il vuoto era rimasto lo stesso. Dagli occhi della madre si era rovesciato dentro la casa, e il bambino e il suo dolore avevano cercato di non affogare. Aveva provato ad affogarli anche il dolore del padre, ma non ci era riuscito.

Un giorno di alcuni anni prima il bambino si era alzato in piedi, si era appoggiato a una sedia e dopo era caduto. Come tutti i bambini, poi, a ogni tentativo aveva aumentato lo spazio percorso tra le cadute. Cosí aveva imparato a camminare, e camminando aveva attraversato la casa e aveva intuito che la casa era un cubo dove succedevano tutte le cose. Il suo mondo era un cubo, e sarebbe stato facile disegnarlo su un foglio. C'era una porta per ogni stanza, e una per uscire dalla casa. Dopo molti tentativi il bambino e il suo dolore un giorno l'avevano aperta e avevano spinto i loro passi fuori dal cubo. Ogni giorno avevano fatto piú passi, avevano tentato strade diverse. I loro piedi a poco a poco avevano disegnato il paese, e il bambino aveva intuito che anche il mondo di fuori era un cubo, soltanto piú grande.

Cosí erano diventati piú grandi sia lui sia il suo dolore, ma erano rimasti inseparabili come prima. A vederli passare per il paese, era evidente che erano cresciuti insieme.

Come capita spesso, si assomigliavano, e sarebbe stato impossibile dire chi dei due assomigliava a chi. Il dolore era uguale al bambino e il bambino era uguale al dolore. Quando attraversavano insieme la piazza, i bambini seduti sulla panchina cominciavano a urlare parole di scherno. Il bambino camminava e faceva finta di non sentire nessuno. Però gli altri gridavano ancora piú forte, e a quel punto era il dolore a fermarsi. Si voltava verso la panchina e non sapeva se agitare la coda e correre verso di loro, oppure ringhiare. Per un po' il bambino continuava ad andare avanti con gli occhi per terra, mentre il suo dolore restava qualche passo piú indietro. Anche senza voltarsi, il bambino sapeva benissimo che il suo dolore si era fermato, però sperava che non ci avrebbe messo molto a ritornare al suo fianco. Cosí accadeva quasi sempre, infatti, e raggiungevano la fine della piazza. Insieme prendevano a destra passando davanti all'asilo, e insieme si dirigevano verso il punto in cui cominciavano i boschi.

Capitava anche, però, che il dolore si facesse attrarre dalle urla che arrivavano dalla panchina. Per questo cominciava a chiamare il bambino. Lui si voltava e se non riusciva a convincerlo con gli occhi a ignorare le voci, lo raggiungeva e gli accarezzava la testa. Qualche volta poi ripartivano, altre si dirigevano verso la panchina, il bambino con lo sguardo sempre per terra, il dolore muovendo appena la coda. Quando vedevano che il bambino e il suo dolore erano caduti dentro la loro rete, smettevano di urlare. Il bambino e il suo dolore arrivavano alla panchina e non dicevano niente. Il bambino sollevava appena la testa, il dolore appoggiava il sedere per terra e guardava il padrone senza sapere cosa sarebbe successo.

Un giorno una delle bambine invitò il dolore ad avvicinarsi. Lo chiamò piegandosi in avanti e offrendogli il palmo della mano. Era il gesto sicuro di chi l'aveva già fatto altre volte, e insieme era una specie di istinto. E visto che il dolore non si avvicinava, la bambina si legò i capelli chiari dietro la nuca, si alzò dalla panchina e andò verso di lui. Era alta come il bambino ma cosí sottile che sembrava dovesse spezzarsi. Guardava sempre dritto negli occhi, perché era solo lí che sapeva guardare. Cosí fece con il bambino, e cosí fece con il dolore. Gli mostrò di nuovo il palmo, e quando lui si avvicinò fu facile fargli sentire anche il calore di quella mano. Disse al bambino che era morbido, che il suo pelo era il piú soffice che avesse mai accarezzato. Poi lo prese tra le braccia, lo strinse con gli occhi chiusi, e dopo poco lo rimise giú. Quindi ritornò a sedersi sulla panchina. Il bambino sapeva però che era con i maschi che doveva parlare se voleva che lo lasciassero in pace. Cosí si voltò verso di loro che intanto avevano ricominciato a urlare, perché quello era il tono normale della loro voce. Provò a dire delle cose a un volume piú alto, ma la sua voce finiva sempre travolta da quella degli altri. Cosí tacque, e tacere gli sembrò un posto un po' piú sicuro.

Le bambine se ne andavano sempre per prime. Qualche volta le chiamavano i fratelli piú grandi, qualche volta le madri. Prima di andarsene, la bambina sottile chiese se poteva accarezzare un'ultima volta il dolore. Poi salutò il bambino pronunciando il suo nome, e il bambino si stupí che lo conoscesse, visto che nessuno l'aveva mai chiamato per nome. Quindi i bambini ripresero a scagliare parole contro il dolore. Lui guardò il suo padrone in cerca di aiuto, ma il bambino teneva lo sguardo fisso sui piedi e non si voltò. Non sapeva come comportarsi: i bambini avevano appena smesso di prendersi gioco di lui, e aveva paura che se avesse difeso il dolore, avrebbero cominciato di nuovo. Cosí chiuse gli occhi, e fece una cosa che lui e il suo dolore non avrebbero mai dimenticato. Lo prese in braccio, lo portò vicino a un lampione. Il dolore tentò di divincolarsi perché aveva capito. Ma il bambino lo strinse piú forte, e poi lo legò. Voltò le spalle e cercò di non ascoltare il suo lamento strozzato. Quindi tornò alla panchina.

La sera abbracciò forte il suo dolore nel letto. Gli affondò la faccia nel pelo e gli promise che non sarebbe successo mai piú.

I giorni successivi il bambino cercò per il paese la bambina che si era presa cura del suo dolore.

Il paese era un paese piccolo ai piedi di una montagna. C'erano una manciata di strade, una piazza, una chiesa, un asilo, una scuola e poi intorno c'erano i boschi, e dietro tutto la grande montagna. Poco piú in basso, staccato dal resto, c'era il cimitero. Quello però si faceva finta che non esistesse. Invece di nominarlo, gli adulti lo indicavano con la testa in un gesto di mistero e sconforto. Per questo nei disegni che i bambini facevano a scuola, il cimitero non c'era mai. E se qualcuno lo disegnava, i disegni non venivano appesi.

Nel paese tutti sapevano dove abitavano tutti, tranne il bambino perché era spesso distratto. Il bambino cominciò a cercare la casa della bambina sottile. Prese la strada che passava nei boschi. Era sempre contento, quando attraversava il bosco. Il suo dolore era ancora piú contento di lui, perché c'erano gli alberi e c'erano gli uccelli sui rami. Quando gli uccelli si alzavano in volo, il dolore correva dietro di loro. Si allungava e staccava le zampe da terra, saltava. Gli uccelli volavano da soli o in piccoli stormi e il dolore del bambino li rincorreva contento. Gli uccelli all'inizio si spaventavano e sbattevano forte le ali. Poi però si rendevano conto che il dolore del bambino non avrebbe fatto del male a nessuno. Cosí scendevano giú fin quasi a posargli l'ala sul muso. Il bambino guardava saltare il suo dolore, lo incitava battendo le mani e rideva con i due denti storti davanti.

Il bambino si fermò di fronte a una casa, perché era da quella casa che un giorno aveva visto uscire la bambina sottile. Mise le mani in tasca per cercare un po' di tepore. Poi cominciò ad andare avanti e indietro davanti al portone. Il dolore non capiva come mai il suo padrone camminasse cosí tanto senza andare da nessuna parte. Il bambino intanto sperava che la bambina comparisse dietro i vetri della finestra. Perciò cominciò a giocare con il dolore. Teneva sempre in tasca una pallina da tennis: la lanciò lontano e il dolore gliela riportò molte volte. Il bambino sperava che quella specie di gioco avrebbe richiamato la bambina e che lei si sarebbe fatta vedere. Ma poi un signore uscí sul balcone e urlò al bambino di far star zitto il dolore perché altrimenti si sarebbe arrabbiato. Lui si fece coraggio e chiese al signore se la bambina era sua figlia, e se poteva affacciarsi. Ma il signore gli disse che aveva sbagliato casa. Il bambino fece finta di niente ma la testa gli si riempí di tristezza. Si sentí un po' stupido per aver fatto correre il dolore dietro una pallina da tennis soltanto per attirare l'attenzione di un signore arrabbiato. La via del ritorno fu di nuovo tra i boschi, ma questa volta li attraversarono in fretta.

Nei giorni successivi il bambino incontrò la bambina davanti alla scuola ma non ebbe il coraggio di parlare con lei. Tutto il coraggio l'aveva usato sotto la finestra sbagliata. Quando le passava accanto, teneva la testa abbassata sperando che lei non lo vedesse e però sperando di essere visto. Confidava nel suo dolore, che la riconoscesse e le andasse a scodinzolare vicino. E confidava nella bambina sottile, che allungasse la mano verso di lui. Qualche volta era successo davvero. Il bambino aveva visto la bambina staccarsi dal gruppo e attraversare la strada. Prima aveva accarezzato il dolore, poi si era tirata su e aveva salutato il bambino. In quei casi il bambino non sapeva mai cosa dire. Finiva sempre per parlare del suo dolore, che era l'unico argomento su cui si sentiva sicuro. Probabilmente era l'unica cosa, pensava, di cui la bambina sottile voleva parlare. Poi però tutte le volte gli altri iniziavano a chiamarla. Il bambino faceva un cenno al suo dolore e si rimettevano in marcia, lui con le mani finalmente calde dentro le tasche. Tornavano verso casa contenti. Il bambino si ripeteva in silenzio le parole che lei aveva detto, e muoveva le mani nei pantaloni perché non voleva che tornassero fredde. Con quelle mani tirava fuori le chiavi. Poi entravano in casa, passavano davanti al padre e alla madre. Attraversavano il corridoio ed entravano nella camera. E se quando aveva chiuso la porta le mani erano ancora calde, voleva dire che si era salvato.

Dei giorni della sua nascita il bambino non ricordava piú nulla. Né l'ospedale, né l'automobile e nemmeno quando era entrato dentro la casa. Cosí come non ricordava se il tempo era bello e se c'era gente per strada. Non ricordava che la madre si era messa a dormire. Non ricordava nemmeno che suo padre aveva provato a prenderlo in braccio, che aveva girato per casa senza sapere come tenerlo, che l'aveva portato accanto alla finestra per fargli vedere com'era il mondo fuori dal cubo. Il bambino non ricordava che il padre gli aveva parlato, né com'era la voce. Non ricordava quanto era durato quel tempo. Non ricordava che all'improvviso era comparso il dolore del padre e tutto era precipitato: il bambino gridava e il padre non sapeva cosa fare e l'aveva rimesso dentro la culla. Poi aveva chiuso a chiave il dolore dentro lo sgabuzzino e si era seduto in terra contro la porta, e dopo un po', nella sua culla, il bambino si era calmato.

Allo stesso modo il bambino non ricordava che tutti i giorni e tutte le notti il dolore del padre si lanciava contro la porta. Erano quei colpi sordi a battere il tempo dentro la casa. Poi tutto taceva e per qualche ora non si sentiva piú niente. Forse il padre andava a calmarlo, forse il dolore si addormentava. Il bambino aveva dimenticato quei colpi e quei ringhi. Cosí come aveva dimenticato se c'era qualcosa negli occhi della madre quando lo tirava su dalla culla e se c'era qualcosa quando lo rimetteva a dormire.

Aveva dimenticato la montagna fuori dalla finestra e il vento che dai boschi arrivava fin dentro la stanza. Aveva dimenticato anche il momento in cui la madre gli aveva affidato il dolore.

Il bambino non ricordava niente di tutto questo. Però quando c'era vento nei boschi, lui e il suo dolore erano piú contenti, perché la montagna era il posto dove a entrambi sarebbe piaciuto abitare. C'erano gli alberi, sulla montagna. E anche in mezzo agli alberi piú fitti di foglie c'era sempre il cielo da qualche parte. E anche se non ricordava quasi niente di quei giorni, sapeva che c'erano dei dolori che non facevano male a nessuno, e che ce n'erano altri, come quello del padre, che avrebbero potuto ammazzare. Mentre camminava per il paese li riconosceva, e ancora prima di lui li riconosceva il dolore. Quando aveva paura, il dolore si avvicinava alle gambe del bambino e abbassava le orecchie. Quando era contento le alzava. Se vedeva che era molto spaventato, il bambino lo prendeva in braccio e lo stringeva fino a quando non riusciva a calmarlo. Appena il pericolo era passato, lo rimetteva giú e cominciavano a correre.

Il bambino non ricordava piú niente, ma come sapeva che da alcuni dolori bisognava tenersi alla larga, allo stesso modo sapeva che c'erano dolori dei quali poteva essere amico. Il bambino faceva amicizia soprattutto con le persone piú grandi di lui, perché erano quelle che piú spesso portavano i dolori nei boschi. Le vedeva attraversare la piazza, entrare dentro la chiesa, uscire dai negozi, comprare il giornale, infilare le mani dentro le tasche. Quando s'incrociavano, il dolore del bambino correva ad annusare il loro dolore. A volte si ringhiavano e tutto finiva con un saluto. Piú spesso però succedeva il contrario. Per un po' i dolori giocavano insieme. Poi il bambino e l'altro padrone cominciavano a parlarsi. Il bambino imparava molte cose dagli adulti. Avevano piú esperienza e sapevano cosa fare con un dolore quando diventa piú grande. In realtà parlava soprattutto il bambino, che raccontava del suo dolore ma anche dei boschi e dei prati e della sua casa, del cubo dentro cui viveva insieme a sua madre e suo padre. Gli adulti lo ascoltavano e lo invitavano a continuare, perché i grandi parlano poco ai bambini dei propri dolori.

A volte capitava che poi accompagnassero il bambino verso casa. Attraversavano insieme la piazza. Se era con un adulto, il bambino non aveva paura, però guardava la panchina con la coda dell'occhio. Voleva vedere se c'era la bambina sottile. Ma quando la vedeva, non sapeva che fare. Di solito non si fermava, e sentiva dentro una specie di dolcissimo strazio. Altre volte, invece, la bambina non c'era. E quello era un dispiacere tutto diverso.

Quando usciva di casa, il bambino portava sempre con sé un piccolo zaino. Era uno zainetto rosso, gliel'aveva dato la madre la prima volta che era uscito da solo. Forse era appartenuto a lei, anche se il bambino non gliel'aveva mai chiesto.

Il paese era piccolo e nessuna mamma aveva paura. Che fossero in piazza, davanti alla chiesa o per strada, le mamme sapevano che i loro bambini avrebbero incontrato altri bambini e avrebbero giocato. In pochi pensavano che finito il paese cominciavano i boschi, e non pensarlo era il modo migliore per sentirsi al sicuro. Neanche la madre del bambino pensava al pericolo, e infatti gli aveva dato lo zainetto perché per lei il mondo finiva dove c'era la porta di casa. Aveva mostrato al bambino tutto lo spazio che c'era dentro lo zaino. Quel giorno lui aveva visto la sua prima cerniera e aveva sentito il rumore metallico che fanno le cose quando si aprono e quando si chiudono. Dentro lo zainetto rosso il bambino aveva infilato una maglia per coprirsi, un quaderno per le cose che voleva scrivere o disegnare. E poi una coperta, dei fazzoletti e qualche biscotto, che era ciò di cui aveva bisogno il dolore durante le passeggiate.

Teneva lo zaino ai piedi del letto e quando sentiva sua madre e suo padre che urlavano in cucina, ci infilava dentro qualcosa che prima non c'era: altri biscotti, elastici, scotch, forbici, quaderni, spazzolino da denti, e tutto quello che pensava potesse servirgli nel caso avesse deciso di non tornare mai piú. Si sistemava lo zaino sopra le spalle e si avvicinava alla porta. A quel punto il dolore gli correva vicino. E quando erano pronti, il bambino poggiava la mano sulla maniglia. Attraversavano il corridoio senza fare rumore, e dopo poco camminavano verso la piazza.

Nel paese tutti conoscevano quello zainetto. Lo conoscevano i bambini seduti sulla panchina, lo conoscevano i grandi che incontravano il bambino nei boschi, e quelli che uscivano dai negozi, o che entravano dentro la chiesa. Lo conoscevano perché lo vedevano passare con sotto il bambino, e ogni volta non sembrava un bambino che cammina per strada ma uno che se ne va.

Anche dentro la scuola, il bambino aveva sempre lo zaino con sé. Lo portava in bagno, lo teneva sulle spalle durante l'intervallo, e anche quando giocava in cortile aveva sempre lo zaino che gli pesava sopra la schiena. Cosí la corsa era piú goffa, la discesa sullo scivolo piú lenta, e sul seggiolino dell'altalena era come essere in due. Però poi c'erano dei momenti in cui il bambino si allontanava, sceglieva un punto in cui non c'era nessuno e tirava fuori la coperta e un quaderno su cui disegnare lo scivolo, l'altalena e gli altri bambini. E quando era sdraiato sulla coperta con il quaderno per disegnare era contento, perché quella coperta era una zattera e da sopra la zattera lui vedeva i suoi compagni nuotare.

Un giorno la maestra gli chiuse la cerniera dello zainetto. Il bambino se l'era dimenticata aperta e i biscotti erano caduti sul prato. Quando la maestra rimise nello zaino i biscotti e chiuse la cerniera, il bambino sentí il rumore metallico che fanno le cose quando si chiudono. Poi la maestra disse ridendo che il suo zainetto sembrava un paracadute, e gli chiese se aveva paura di precipitare. Non siamo in mezzo al cielo, gli disse, e questo non è un aereo che cade. Il bambino abbassò gli occhi per terra. Poi pensò agli occhi di sua madre, che erano il vuoto in cui in un giorno di metà agosto era caduto, anche se di quel volo lui non ricordava piú niente.

A volte, e senza preavviso, il dolore del padre buttava giú la porta della stanza in cui lo tenevano chiuso. Era un colpo che sfondava il silenzio. Si sentiva il legno divelto, e poi il latrato del dolore del padre con la bava alla bocca. Era come il rumore di qualcosa di enorme che cade da uno scaffale. La cosa caduta era il mondo del bambino che si rompeva sul pavimento.

Il bambino non ci pensava mai, eppure ci pensava in ogni momento. Lui e il suo dolore scivolavano in punta di piedi lungo il corridoio. A volte, passando, sentivano che il dolore del padre si muoveva dietro la porta. Il dolore del bambino sapeva che non era un dolore con cui avrebbe potuto giocare. Per questo non guaiva né scodinzolava e, anzi, si teneva stretto al bambino. Anche quando andavano in bagno, il dolore non si allontanava un istante da lui, e se sentiva un ringhio dall'altra parte del muro cominciava a tremare.

Di solito il dolore del padre sfondava la porta quando erano seduti a mangiare. Il dolore del bambino stava sotto la sedia del suo padrone con la zampa sugli occhi. La madre non stava quasi mai seduta. Si spostava tra i fornelli e la sedia, e scaldava e cuoceva e serviva cibi che non avevano né sapore né odore. Dalle finestre degli altri uscivano profumi di arrosto, di pesce e di sugo, mentre dalla loro finestra non usciva mai niente. Le sue erano cotolette vuote, e minestroni e spaghetti e calamari senza sapore. Eppure a vederli, quando lei li metteva nel piatto, sembravano belli. Poi si sedeva, e senza dire niente cominciava a mangiare. Quando mangiavano, il bambino parlava sempre tanto perché non voleva che parlasse suo padre, che gli stava seduto davanti. Si agitava, gesticolava e riempiva la cucina di frasi, mentre il sudore gli scivolava lungo la schiena. Se aveva sete beveva veloce, nella speranza che in quell'attimo il padre non cominciasse a parlare. Perché se solo avesse sentito la voce del suo padrone, il dolore del padre avrebbe buttato giú la porta e sarebbe arrivato in cucina.

Succedeva sempre allo stesso modo: dopo il colpo e la porta divelta, il dolore del padre faceva irruzione con un urlo cosí grande che al bambino sembrava arrivasse dal centro del mondo. Saltava sulla tavola, spalancava la bocca, rovesciava in terra piatti e bicchieri. Il bambino stringeva forte i denti dentro la bocca e apriva gli occhi piú che poteva. Il suo dolore, invece, restava acquattato sotto la sedia tremante, mentre l'altro con un salto era davanti al bambino, che alzava le braccia e spalancava la bocca atterrito. In quel momento, gridando e cercando di difendersi come poteva, il bambino si sentiva solo. Quella sensazione gli faceva piú male di tutti i morsi che avrebbe potuto dargli il dolore del padre. Dall'altra parte del tavolo, sua madre restava in silenzio con gli occhi appena un po' umidi. A volte pronunciava il nome del padre, ma quasi senza parlare. Poi tutto finiva. Il padre si rinchiudeva col suo dolore dentro una stanza, e non si sentiva piú niente.

Dopo un po' il dolore del bambino usciva da sotto la sedia con le orecchie basse. Come fosse sua la colpa di non averlo difeso.

Al bambino e al suo dolore piaceva andare dove il paese finiva, anche se lí non c'era niente di bello. Il punto dove finiva il paese era oltre la piazza, oltre l'asilo, oltre la chiesa, a un certo punto di una strada asfaltata. Da lí si vedevano il cimitero, le sue mura e gli alberi che lo circondavano. Il bambino si fermava sempre a guardarlo, e infatti nei suoi disegni il cimitero era sempre presente. Gli faceva un po' di paura, ma gli metteva anche una grande allegria: sapeva che era lí che si raccoglievano tutti quelli che non c'erano piú.

Per raggiungere il punto in cui il paese finiva bisognava passare davanti al bar, che era il posto dove si trasferivano i bambini quando diventavano grandi. Si sedevano fuori a fumare e guardavano le macchine e i camion che apparivano e sparivano lungo la strada. Il bambino non aveva paura a passare da lí. I bambini della panchina, quando diventavano grandi, non chiamavano piú. Ce n'erano pochi che parlavano tanto, e tanti che non dicevano niente. Quelli che parlavano, parlavano anche se gli altri non li ascoltavano. Avevano imparato a parlare da soli. Quando il bambino e il suo dolore passavano davanti a loro, era come se non passasse nessuno: gli altri continuavano a fumare e il bambino e il suo dolore attraversavano i loro sguardi come si attraversa un ponte sull'acqua. Il dolore seguiva il bambino senza voltarsi, perché i bambini della panchina, quando diventavano grandi, si disinteressavano anche di lui. E i loro dolori si sdraiavano in terra e chiudevano gli occhi.

Quando il bambino passava davanti al bar, non c'erano bambine che volevano accarezzare il dolore, perché nel trasloco dalla panchina al bar vicino alla strada, le bambine non c'erano piú. Dove finissero le femmine, quando diventavano grandi, il bambino non lo sapeva e forse non voleva saperlo. Quello che però voleva con tutto se stesso, era che la bambina sottile non scomparisse. Era la sua paura piú grande: che un giorno, lasciando la piazza, si dissolvesse nel nulla.

Per raggiungere il punto in cui il paese finiva, il bambino e il suo dolore dovevano camminare sul ciglio della strada con i camion che sfrecciavano verso il confine. Quelli che abitavano nei palazzi vicini vedevano passare il dolore e il bambino con lo zainetto rosso dietro la schiena. Camminavano fino a quando non incontravano il cartello con il nome del paese sbarrato. Lí sopra c'era anche scritta una cifra che indicava la distanza dal mare. Il bambino la guardava e gli sembrava di sentire i gabbiani gridare.

Poi tutte le volte tornavano a casa e il bambino si chiudeva nell'unico posto in cui si sentiva al sicuro, che non era un luogo, ma un sentimento, ovvero la nostalgia. Di quel sentimento il bambino aveva tutte le chiavi. La sua porta era l'unica che il padre e la madre non potevano aprire. Era lí dentro che il passato, con tutta la sua amplificata bellezza, accoglieva il bambino. Dentro quel sentimento il bambino passava la maggior parte del tempo. C'erano vetrate grandi da cui si vedevano i boschi e oltre i boschi il confine, e c'era un corridoio pieno di luce e tappeti e foto della bambina. Dentro la nostalgia era sempre contento, perché tutto era già successo e non doveva avere paura di niente. Per essere felici, pensava il bambino, sarebbe bastato non uscire mai piú da quel posto di cui aveva le chiavi. La felicità, si diceva camminando sui suoi tappeti rossi e guardando fuori dalle finestre, era chiudere a chiave le cose belle che erano successe. Diventare grande con le cose che aveva vissuto, e poi non vivere piú. Quando lo pensava, il bambino accarezzava il suo dolore e si sentiva finalmente felice. E tra tutte le cose, quella era la cosa piú triste.

Il paese dove vivevano il bambino, il suo dolore e i suoi genitori, era un posto che non stava da nessuna parte. Non era nella valle che scendeva dalle montagne piú alte, e non era neanche nella valle che portava al confine. Era all'inizio o alla fine di entrambe. Dove le due valli morivano cominciava il paese, che era un posto in cui giravano le macchine per andarsene via. Curvavano, passavano davanti al bar, e puntavano verso il confine. Nessuno si fermava al paese, perché non ce n'era motivo.

La domenica era tutto diverso. Per un giorno il paese diventava un luogo e non una curva. Dal confine arrivavano automobili con targhe di un altro colore, da cui scendevano persone che parlavano una lingua diversa. Si sedevano al bar, prendevano un caffè, e dopo se ne andavano via. Gli abitanti del paese li guardavano scendere dalle macchine, ordinare qualcosa e parlare tra loro. Li tenevano d'occhio dalle finestre, dagli altri tavolini del bar, dal marciapiede di fronte. Non li ascoltavano perché tanto non li capivano, però sentivano tutto.

Il paese dove abitavano il bambino e il dolore era tagliato in due dai binari del treno. Da una parte c'era il paese, dall'altra c'erano gli altri. Gli altri stavano dentro scatoloni di cemento armato. Dal paese li si vedeva sempre, eccetto quando passava il treno. Per il tempo che durava la sosta in stazione, le case sparivano e scendeva o saliva qualcuno. Poi il treno ripartiva, e i palazzi tornavano al loro posto. Nessuno voleva andare dall'altra parte della ferrovia. Il paese era soltanto la casa, la chiesa e la piazza, dicevano ai figli le madri. L'altra parte la nominavano appena, cosí come facevano con il cimitero. Allo stesso modo, i bambini non la inserivano nei loro disegni e ne parlavano sempre malvolentieri. Qualcuno di loro probabilmente la sognava di notte, ma poi non lo diceva a nessuno. Di quel posto sapevano poche cose, che ci si urlava dai balconi, che gli uomini uccidevano gli uomini, che c'erano siringhe per terra, e che vicino alle siringhe trovavano persone sdraiate con gli occhi socchiusi.

Oltre i binari ci andava soltanto la polizia. Quando arrivava, gli abitanti si affacciavano a guardare chi caricavano in macchina. Poi tornavano dentro. Per un po' stavano zitti e dopo ricominciavano a urlare. La sera tardi, quando era ormai buio dovunque, attraversavano i binari e si spingevano oltre la ferrovia. Si aggiravano per le strade del paese come fantasmi, rompevano le bottiglie per farsi piú male. Nessuno tirava su le serrande per reclamare. Tutti sapevano chi erano, e sapevano che finita la notte avrebbero riattraversato i binari. La mattina dopo c'erano siringhe davanti alla chiesa e bottiglie sulle panchine. A volte c'era anche un po' di sangue per terra, ma poi lo lavavano via.

Il bambino invece era sempre contento di far correre il suo dolore al di là dei binari. Non era come nei boschi, perché non c'erano foglie e uccelli sui rami. Però c'erano i vestiti stesi sui balconi ad asciugare. E c'era sempre qualcuno che cantava da una finestra e qualcun altro che gli rispondeva da un altro balcone. Al bambino quelle canzoni piacevano. Piacevano anche al dolore, che per tutto il tempo agitava la coda e saltava. Sentendo i guaiti, qualcuno portava alla finestra il suo dolore perché guaissero insieme, uno in strada l'altro affacciato qualche piano piú su.

Il bambino andava oltre la ferrovia perché lí nessuno gli urlava parole cattive. Nonostante facesse paura a tutti, al bambino quel mondo sembrava abitato solo da persone gentili. Una volta che cadde con la bicicletta, lo aiutarono a rialzarsi e lui se ne stupí. Gli sistemarono il manubrio e gli alzarono il sellino. E quando il bambino ripartí era diventato di colpo piú grande sopra i pedali e il suo dolore molto piú piccolo, o almeno cosí gli sembrava.

Un pomeriggio vide uscire la bambina sottile da uno di quei palazzi. Aveva una gonna piena di fiori, i capelli sciolti sopra le spalle e delle ginocchia grandi come biscotti. Quando la vide, il bambino sentí il cuore che si fermava. Insieme al cuore si fermò anche lui. Le mani si fecero calde e il bambino strinse forte il manubrio. Il portone si chiuse alle spalle della bambina e il bambino vide sbucare da sotto le sue gambe un dolore piccolo e spelacchiato. Lo vide anche il dolore del bambino, che attraversò la strada senza guardare, e cominciò a saltare insieme a quell'altro dolore arruffato. Si salutarono, la bambina sottile con il suo sorriso, il bambino con i denti storti davanti. Poi arrivò un treno, che rallentò fino a fermarsi. Restò in stazione per qualche minuto, e per quel tempo cancellò il paese e con il paese la strada, l'asilo, la chiesa, la panchina e la piazza.

A differenza del bambino, che se lo portava sempre con sé, la bambina sottile lasciava il suo dolore dall'altra parte, oltre la ferrovia. Lo lasciava dietro la porta, e sapeva che quando l'avrebbe riaperta, al ritorno, sarebbe stato nello stesso identico punto. Aspettava nervosa che l'ascensore arrivasse, e quando poi le porte si richiudevano e la portavano giú, a ogni piano si sentiva un po' meglio. Poi usciva dal portone e correva per arrivare piú in fretta possibile al passaggio a livello e da lí dentro il paese. Perché se il bambino era contento tutte le volte che vedeva la ferrovia, la bambina voleva solo lasciarsela dietro. Correva senza fermarsi fino ai binari, li oltrepassava e da lí poi camminava fino alla piazza.

Anche se la bambina non portava mai il suo dolore con sé, il bambino ormai sapeva che c'era. Per questo da quel giorno in avanti il dolore del bambino guaiva ogni volta che incontravano la bambina sottile. Si avvicinava a lei, le annusava le gambe e si riempiva il naso del dolore spelacchiato con cui aveva giocato al di là dei binari. Quel dolore lasciato a casa era il loro segreto, e il bambino sapeva che un segreto condiviso trasforma un incontro in una cosa importante. Il bambino lo teneva stretto come si tiene in tasca una chiave di cui non esiste un doppione. Quella chiave ogni giorno apriva il pensiero di lei, e ogni sera lo rimetteva al sicuro. Tutte le volte che vide la bambina insieme agli altri, pensò che gli sarebbe piaciuto estrarre il segreto, farlo vedere a tutti. Dire che, per quella porta che solo lui era in grado di aprire, nessuno di loro sarebbe mai passato. Ma ogni volta non disse niente, perché un segreto mostrato a tante persone è un segreto che muore.

Cosí continuò a tenerlo in tasca, e il segreto continuò a scaldargli le mani. Salutò la bambina quando la vide per il paese insieme agli altri bambini. Qualche volta lei gli rispose agitando la mano. Altre volte invece fece finta di non vederlo. O cosí pensò lui quando la vide andar via e la sentí ridere forte. Mentre il corteo di bambini sfilava, il bambino e il suo dolore restarono fermi, entrambi con un'espressione delusa. Il dolore si sdraiò a terra. Il bambino strinse forte il segreto dentro la mano e sperò di romperlo. Pensò anche di raggiungere la bambina, di aprire il pugno e svelare a tutti che anche lei aveva un dolore e lo teneva nascosto. Ma l'avrebbe fatto soltanto per farle del male, e allora aspettò che si allontanasse e poi diede un calcio alla prima cosa che trovò lungo la strada.

Cosí continuarono a vedersi soltanto dall'altra parte della ferrovia. Camminavano vicino ai binari lasciando che i dolori corressero e giocassero insieme. Parlavano tanto, ma non parlavano mai delle madri e dei padri, come se fossero orfani. Dalle finestre intanto uscivano le canzoni. Qualcuno si picchiava davanti ai portoni, qualcun altro fumava o si bucava sdraiato nell'erba accanto ai binari. A volte vedevano un uomo riverso sul marciapiede. Qualche coppia faceva l'amore, lasciando la sagoma dei due corpi nell'erba. Certe volte la bambina e il bambino gli passavano accanto senza vederli. E quando guardavano il cartello blu della stazione con sopra scritto in bianco il nome del paese erano contenti, perché pensavano che un giorno sarebbero stati lí ad aspettare, pronti a partire. Sarebbero andati anche loro oltre il confine, anche se di quello che c'era dopo non sapevano niente.

Quando non avevano piú parole si sedevano in mezzo all'erba in silenzio, e lasciavano la sagoma di due bambini che guardano i treni. Il bambino si toglieva lo zainetto rosso da dietro la schiena e faceva sentire alla bambina il rumore metallico che fanno le cose quando si aprono. Poi tirava fuori i biscotti. Ne davano un paio ai rispettivi dolori, che si addormentavano poco distanti. Stavano zitti e guardavano le traversine fino al punto in cui non si vedevano piú. Oppure si sdraiavano e guardavano il cielo. A volte dal cielo cadeva la pioggia, e il bambino tirava fuori un ombrello dallo zainetto e accompagnava la bambina fin sotto il portone, mentre i dolori correvano nelle pozzanghere. Poi si voltava e s'incamminava verso la sbarra bianca e rossa del passaggio a livello, e da lí verso il paese. Camminando con il suo dolore pensava agli occhi della bambina sottile, che erano l'unico cielo in cui sarebbe davvero voluto cadere.

Per andare nei boschi, in realtà si poteva anche passare davanti alla chiesa. Era una strada diversa da quella che attraversava la piazza. Si prendeva per una via stretta e piena di buche che al bambino non piaceva, soprattutto se era in bicicletta. Al dolore invece le buche piacevano, soprattutto dopo le piogge. Le buche erano i posti in cui la terra tratteneva qualcosa del cielo. Soprattutto, erano il posto in cui il dolore poteva bagnarsi e sporcarsi. Quando lo vedeva saltare felice nelle pozzanghere, il bambino rideva. Sapeva che avrebbe dovuto lavarlo alla fontana, prima di rientrare, ma ormai lo faceva ogni volta, visto che nei boschi si riempiva comunque di foglie e di terra. Ci metteva sempre un po' prima di convincerlo a infilarsi sotto il getto dell'acqua. Ma alla fine il dolore cedeva e subiva in silenzio quel supplizio bagnato.

Sul piazzale della chiesa non c'erano i bambini della panchina ma c'era la chiesa, che era un posto che faceva paura. Spesso non c'era nessuno. C'era solo il sagrato e un portone cosí scuro che sembrava pieno di buio. Quel rettangolo nero spaventava il bambino piú di ogni altra cosa. Un po' aveva l'istinto di correre lontano da lí, e un po' sentiva una specie di forza che lo attraeva. Quella forza gli faceva gelare le mani. Di tanto in tanto vedeva delle persone che camminavano sul sagrato e che poi non c'erano piú. Facevano pochi passi e scomparivano. Un tempo forse erano state sedute anche loro sulle panchine. Poi finivano cosí, mangiate dal buio. Il bambino guardava le loro facce e restava dall'altra parte del marciapiede. Anche il dolore era impaurito, e si infilava tra le sue gambe. Se poi dalla chiesa usciva una figura nera impastata nel buio da cui si affacciava, il bambino scappava perché aveva il terrore che il prete volesse rubargli il dolore.

Una domenica mattina vide che il piazzale era pieno di persone che parlavano. C'erano i bambini e le bambine della panchina, e insieme a loro i genitori. Il bambino e il suo dolore si fermarono a guardare. Il paese, che era un posto silenzioso per via della montagna che scendeva sopra le case, di colpo era pieno di voci concentrate in un posto. I bambini e le bambine ridevano, ed erano tutti vestiti eleganti. Il bambino si accorse che il piazzale era pieno di dolori che scodinzolavano ai piedi dei loro padroni. Normalmente, quando c'erano degli altri dolori, il dolore del bambino iniziava ad agitare la coda. Invece di fronte a quei dolori restò indifferente. Sembrava che non li vedesse. Il bambino glieli indicò, ma non serví. Il dolore si accucciò sul marciapiede annoiato. E loro, agitando le code, scomparvero dentro il rettangolo buio insieme ai bambini e alle bambine di tutto il paese.

Il padre del bambino non era capace di occuparsi del suo dolore. Sapeva soltanto chiuderlo a chiave. Per questo il dolore del padre non usciva quasi mai dalla casa e lo sgabuzzino puzzava. La madre puliva lo sgabuzzino mentre il dolore del padre dormiva. Apriva la porta con i suoi occhi pieni di niente e si inginocchiava con uno straccio e un secchio con dentro acqua e sapone. Per sicurezza gli infilava la bocca nella museruola. Puliva per terra e puliva sui muri, dove il dolore del padre grattava furioso. Mentre passava lo straccio sul pavimento e raccoglieva tutto quello che il dolore aveva lasciato, la madre del bambino ogni tanto si fermava a guardare il dolore di suo marito.

Dopo aver lavato tutto lo sgabuzzino, la madre gli passava la spugna sul muso. Lo faceva con delicatezza, per dargli sollievo e perché non voleva che si svegliasse e diventasse violento. Poi gli bagnava le zampe e gli toglieva dalle unghie i frammenti che aveva portato via dalla porta o dal muro. La madre si inchinava su quelle zampe, ci appoggiava la fronte. Quando poi sentiva che il dolore del marito si stava svegliando, prendeva il secchio e le spugne e chiudeva la porta.

Il padre consegnò al figlio il proprio dolore un tardo pomeriggio. Lo fece come se fosse una cosa normale. Il bambino era seduto sul pavimento, vicino alla finestra, e stava leggendo una storia al suo dolore. Era il loro modo per mettersi al riparo da tutto. I personaggi della storia e le cose che succedevano erano come gli alberi e gli uccelli nei boschi. In quel momento – c'erano dei gabbiani, perché la storia che il bambino leggeva era una storia di navi, di mare e tempeste – il padre spalancò la porta e accanto a lui c'era il suo enorme dolore. Il bambino chiuse il libro e si voltò verso il padre. Il suo dolore in un attimo sparí sotto il letto.

Fermo sulla soglia il padre guardò il bambino seduto con le gambe incrociate e il libro sulle ginocchia. Sulla copertina c'erano le vele gonfie di un galeone inclinato tra le onde alte di un mare scuro e pieno di schiuma. Il bambino si strinse al petto il libro e lo coprí con le braccia, senza smettere mai di guardare suo padre. Il padre intanto si era piegato sul proprio dolore, gli aveva passato una mano sul muso e gli aveva tolto il guinzaglio. Quello corse dentro e in un attimo fu sul letto. Cominciò a strappare le lenzuola con i denti. Nella stanza si sentivano solo gli strappi e l'ansito del dolore del padre. Il padre fece un passo dentro la stanza e disse al figlio che da quel giorno doveva occuparsene lui. Gli disse che se la sarebbe cavata, visto che era cosí bravo a occuparsi del suo. Gli ordinò di alzarsi e dare il benvenuto al nuovo dolore. Il bambino appoggiò il libro sul pavimento, e il galeone si rovesciò sulle piastrelle. Il bambino raggiunse il letto, avvicinò la mano al dolore del padre ma il dolore ringhiò. L'avvicinò una seconda volta e lui si lasciò accarezzare.

Accanto al padre, intanto, era comparsa la madre, e anche lei aveva guardato dentro la stanza. Il padre stava dando istruzioni al bambino, gli stava dicendo che quello era il suo dovere di figlio. Gli disse di accarezzarlo, di portarlo fuori, di parlargli, di farlo sentire importante. Il bambino cercò la madre con gli occhi ma non la trovò. Dopo, il padre chiuse la porta. Il bambino allora riaprí il libro e riprese a leggere la sua storia a voce piú alta. Infilò la mano sotto il letto, e la passò sopra il pelo spaventato del suo dolore. Nella stanza tornarono i gabbiani e con loro il vento e le navi. Leggendo, il bambino pensò alla bambina e a come su una nave avrebbero potuto salpare anche loro, attraversare i mari, sentire il vento infuriare, cercare un varco nell'acqua, e in quel varco infilarsi e, finalmente, sparire.

Dopo aver lasciato quell'incombenza al bambino, i genitori si prepararono e pochi minuti piú tardi la porta di casa si chiuse. Il bambino li vide poi comparire sotto la finestra. Il padre muoveva le mani parlando, e la madre gli camminava accanto a passi insicuri e veloci. Da dietro la finestra lui guardava le loro schiene, e ci fu un momento in cui il padre si voltò ridendo verso di lei e le mise un braccio sopra la spalla. Al bambino sembrò che anche sua madre ridesse.

Mentre il bambino guardava il padre e la madre che andavano via, il dolore del padre mise sottosopra la camera. La sveglia, buttata sul pavimento con una zampata, aveva il vetro rotto e le lancette delle ore e dei minuti piegate. Il bambino provò a rimetterle a posto, ma invano. Le strappò via dal quadrante con un gesto di rabbia, le lanciò contro il dolore del padre e quelle scomparvero dentro il suo pelo lunghissimo e sporco. Poi riappoggiò la sveglia sul comodino e la lancetta dei secondi misteriosamente riprese ad andare. Ma per quanti giri facesse, non avrebbe piú fatto un minuto, né i minuti avrebbero piú portato ore né giorni né anni.

Quando tornarono, i genitori scomparvero dentro il divano, di fronte al televisore. Un paio d'ore dopo, la madre ne uscí per cucinare i suoi cibi senza odore e senza sapore, e quando furono pronti chiamò il bambino perché si sedesse davanti agli occhi del padre. Il bambino, che stava ancora leggendo a voce alta la storia di mare e pirati, sollevò la testa. Il dolore del padre gli stava accanto e gli alitava in faccia un fiato acido e caldo. In quel momento il bambino capí che avrebbe dovuto lasciare il suo dolore insieme a quello del padre, se non voleva che il dolore del padre distruggesse la stanza. Cosí prese in braccio il suo dolore e lo accarezzò e gli disse parole che tanto non servivano a niente. Sulla porta, prima di uscire, lo guardò ancora. Mentre chiudeva la porta della camera ebbe il tempo di vedere il dolore del padre che si avvicinava minaccioso al suo, e il suo che si andava a nascondere dietro l'armadio.

Durante la cena il padre del bambino raccontò quello che aveva visto in televisione. La madre rise quando bisognava ridere e poi tornò dentro il silenzio. Il bambino guardò la sua faccia. Gli venne in mente il cimitero. Quindi si chinarono sopra i piatti, e nessuno si sentí in dovere di dire piú niente. Il bambino pensò che era la prima volta che mangiava senza il suo dolore sotto la sedia. E ciò nonostante prese dei pezzi di pane e li lasciò cadere sulle piastrelle. Lo sentí guaire in lontananza. Sua madre e suo padre fecero finta di niente, o cosí sembrò al bambino. Lui sentí una mano afferrargli e stringergli il cuore.

Poi il padre gli chiese notizie della scuola, e il bambino inventò delle cose divertenti per loro. Farli ridere era l'unico metodo che conosceva per tenere lontano il dolore del padre, anche se in quel momento era chiuso nella sua camera. Inventò la storia di un compagno che era arrivato a scuola con il pigiama perché era in ritardo. Il padre e la madre lo trovarono divertente. Risero insieme al bambino e forse pensarono che avevano un figlio contento. Per farli ridere ancora, aggiunse che il suo compagno aveva le pantofole ai piedi e teneva in mano un orsetto. E risero tutti fino alle lacrime, e cosí lui poté finalmente piangere senza che se ne accorgessero.

Per il bambino era molto faticoso portare fuori il dolore del padre. Ci voleva molto piú tempo per prepararsi ed era impossibile uscire senza farsi notare. Il dolore del padre latrava nel corridoio e strattonava appena metteva il muso fuori dalla porta di casa. Il bambino era troppo piccolo e troppo leggero per tenerlo a bada, e il suo dolore troppo fragile per aiutarlo ad ammansire la bestia del padre. Cosí il bambino si limitava a inseguirlo con il braccio disteso, e il suo cucciolo di dolore restava qualche passo piú indietro.

Era il dolore del padre a decidere gli itinerari, a imporre le inversioni di rotta. E tra le destinazioni non c'era mai il bosco. Non c'erano nemmeno il passaggio a livello, la ferrovia e il prato dove passavano i treni diretti al confine. Non c'era niente, in realtà, perché non c'erano itinerari: c'erano soltanto gli strappi al guinzaglio, il ringhio indirizzato a chiunque, e le zampate che il dolore del padre dava al dolore del figlio. A volte lo mordeva, ma il dolore del bambino non si ribellava. Si leccava le ferite senza smettere di camminare.

Ma poi un pomeriggio il bambino scoprí che attraversare la piazza con il dolore del padre aveva qualche vantaggio. Capí di colpo che quel dolore poteva anche difenderlo. Come sempre, gli altri bambini iniziarono a chiamarlo appena lo videro fare i primi passi dentro la piazza. Urlarono nel loro solito modo: seduti con i piedi sulla panchina, con le bambine che ridevano ogni volta che loro aprivano bocca. Man mano che il bambino si avvicinava, però, si accorsero che aveva davanti un dolore piú grande, con il pelo lunghissimo e sporco e con la bava che lasciava una scia. Persero tutte le parole che avevano, sulla piazza non si sentiva piú niente. C'erano solo il vento che passava tra i rami degli alberi, le nuvole basse e la montagna che scendeva sopra il paese.

In tutto quel silenzio c'era solo la loro comitiva in cammino: il dolore del padre che trascinava il bambino, e il suo piccolo dolore intristito che chiudeva la fila. Quando passarono davanti alla panchina, il dolore del padre diede uno strappo al guinzaglio. A vederlo cosí da vicino, con le gengive infiammate e gli occhi di fuoco, i bambini si strinsero sulla panchina. Il bambino fece un sospiro perché si accorse che tra di loro non c'era la bambina. Non si sarebbe mai perdonato di farle del male, e non l'avrebbe mai perdonato al dolore del padre. Guardò gli altri bambini senza riuscire a parlare. Era tutto cosí diverso dal solito che sentí un brivido corrergli lungo la schiena. Non urlò al dolore del padre di calmarsi e non lo aizzò. Però gli era grato perché ora nessuno lo prendeva piú in giro. Guardò la montagna, pensò al confine, sentí una specie di forza che prima di allora non aveva sentito.

Da quando il padre gli aveva lasciato il suo dolore, il bambino aveva paura ad attraversare la ferrovia. Ogni suo pensiero, durante la giornata, era per la bambina sottile, e tra questi pensieri c'era la paura che il dolore del padre potesse farle del male.

In realtà il bambino sapeva bene che al di là dei binari c'erano dolori anche piú feroci. Sapeva che erano spietati perché i loro padroni non conoscevano la differenza tra la morte e la vita. Sparavano dalle finestre o dalle macchine in corsa e scappavano prima di sentire le sirene arrivare, mentre i vivi si raccoglievano intorno alle sagome in terra. Il bambino lo sapeva, e sapeva che quello era il mondo in cui la bambina viveva, e che per quanto sembrasse sottile, lei era forte anche per quello. Però l'idea che potesse essere il dolore del padre, a farle paura, lo riempiva di terrore.

Per questo, quando aveva con sé il dolore del padre, il bambino arrivava fino al passaggio a livello e sperava di trovarlo abbassato. Si appoggiava alla sbarra e spingeva lo sguardo verso il punto in cui i binari sparivano e da cui sarebbe sbucata la faccia del treno. Poi guardava oltre il passaggio a livello, il palazzo in cemento in cui abitava la bambina. Prendeva il suo dolore in braccio perché non corresse ad annusare i binari al momento sbagliato. L'altro, invece, lo lasciava libero di fare quello che voleva. Ma il dolore del padre non si avvicinava ai binari perché, per quanto feroce e ringhioso, sapeva stare alla larga dal pericolo vero.

Poi il treno passava e spettinava il bambino e il suo dolore. La sbarra si alzava, e il bambino pensava che se avesse raggiunto il palazzo della bambina, l'avrebbe messa in pericolo. Cosí faceva un urlo al dolore del padre che invece aveva già attraversato. Lo chiamava con la voce del padre, perché era l'unica che l'altro riconosceva. Appena la sentiva, infatti, si fermava e tornava indietro. Il dolore del bambino invece si spaventava e si appiattiva per terra. Per farlo rialzare, il bambino si piegava su di lui, e gli sussurrava parole gentili. Il dolore allora riapriva gli occhi, si prendeva un po' di carezze e dopo si alzava e muoveva la coda, ma sempre tenendosi lontano da quell'altro dolore piú grosso e feroce di lui.

Prima di andarsene, il bambino sperava di veder comparire alla finestra la bambina sottile. Gli sarebbe bastata una qualsiasi testa affacciata: l'avrebbe fatta diventare la testa di lei che lo seguiva con gli occhi. Avrebbe alzato la mano, e con la mano le avrebbe promesso che sarebbe tornato a trovarla e avrebbero camminato insieme lungo la ferrovia. Le avrebbe anche letto una storia, lei l'avrebbe ascoltata.

Tornando verso casa, il bambino scriveva nella sua testa delle lettere alla bambina. Le scriveva che anche se non andava a trovarla la pensava in ogni momento. Le scriveva che il dolore del padre era pericoloso e che era per questo che da tanto non superava il passaggio a livello. Poi le elencava gli orari dei treni che avrebbero potuto prendere per andare oltre il confine. Li sapeva tutti a memoria, li ripeteva nel letto ogni sera. Con uno di quei treni entrava nel sonno e con un altro arrivava al mattino.

Soltanto dentro quelle lettere non spedite il bambino riusciva a scappare. Dentro le lettere prendeva il dolore del padre, lo colpiva sulla testa per farsi obbedire e poi lo chiudeva dentro lo sgabuzzino. Dentro le lettere, gli urlava tutte le parole che non era mai stato capace di dirgli. Dentro le lettere, il dolore del padre lo guardava con occhi che a ogni parola diventavano piú piccoli, come se le parole fossero colpi e la voce del bambino un martello. Quando urlava, dentro le lettere, non aveva paura che il dolore del padre potesse saltargli alla gola. Dentro le lettere non aveva paura di niente, perché il pensiero di guardare i treni con la bambina gli dava coraggio. Dentro le lettere, non aveva paura il bambino e non aveva paura neppure il suo dolore. Stava anzi tra i piedi del suo padrone e urlava contro l'altro con rabbia, le orecchie che a ogni grido gli saltavano ai lati della testa e tornavano giú.

Dentro le lettere per la bambina sottile, il bambino era un bambino coraggioso e sicuro di sé. Passava dietro alla madre con passo felpato mentre lei cucinava. La madre sentiva soltanto la porta che si chiudeva. Qualche volta si girava per vedere se era il figlio che usciva di casa, piú spesso restava immobile a sminuzzare verdure sopra il tagliere. Ogni tanto si tagliava, però non diceva niente. Il bambino se ne accorgeva soltanto perché quando metteva la cena nei piatti aveva un cerotto. Ma tutte le volte che il bambino scappava dentro una lettera, non pensava alle ferite della madre né ai cerotti con cui le nascondeva. Perché, scriveva alla bambina sottile dentro la testa, sua madre e suo padre non erano niente se lui e il suo dolore potevano correre fuori di casa per incontrarla.

Nelle lettere che poi non spediva alla bambina, il bambino usava poche parole e le riempiva di virgole. Perché le virgole erano come il battito delle ciglia sugli occhi: facevano riposare un istante le cose dall'essere sempre guardate. E quello era il modo che il bambino aveva di prendersi cura del mondo. Il bambino scriveva che quando scappava di casa per andare da lei, i bambini sulla panchina lo vedevano passare ma non dicevano niente. Dentro le lettere non urlavano, non lo prendevano in giro e nemmeno provavano a usare come esca il dolore. Stavano zitti, mentre il bambino e il suo dolore avanzavano con i loro passi leggeri e sicuri. In fondo alla piazza voltavano a destra e passavano quasi volando davanti all'asilo. Dentro le lettere persino la sbarra abbassata era bella, perché era un'altra virgola messa prima di vedere la bambina. Dentro le lettere anche il dolore del bambino era piú allegro, e tutti e due chiudevano gli occhi quando il treno sfrecciava. La sbarra del passaggio a livello si sollevava, e al di là c'era il mondo della bambina sottile. Il resto erano silenzi, parole, e i dolori che correvano nei prati.

Ma anche dentro le lettere arrivava l'ora in cui la fuga finiva e il bambino doveva separarsi da lei per tornare a casa dalla madre e dal padre. Quella parte il bambino non riusciva mai a scriverla. E ogni volta finiva per buttare via tutta la lettera che aveva scritto dentro la testa. C'era un cestino dove gettava tutte le lettere accartocciate che non le aveva spedito, e da quel cestino il bambino non si sarebbe separato nemmeno da grande. Erano tutte uguali, e tutte raccontavano le fughe che non aveva mai fatto per andare da lei. Si interrompevano tutte nello stesso punto.

Quello in cui il bambino alla fine doveva salutarla e tornare verso casa. Ma per quanto si sforzasse, non trovava mai le parole per voltarsi e partire.

Un giorno però il bambino chiuse a chiave il dolore del padre e scappò oltre la ferrovia. Niente lettere nella testa, né frasi che non sapeva finire. A furia di scriverle parole che lei non avrebbe mai letto, il bambino non riusciva piú a guardarla in faccia quando poi la vedeva. Riusciva a incontrarla soltanto dentro le lettere, e quanto piú quei momenti erano belli, tanto piú quando la incontrava soffriva. Gli restava addosso tutto lo strazio dei saluti mancati e delle parole accartocciate. Tutta l'impotenza ammucchiata nelle ultime righe. Con quella zavorra addosso evitava la piazza, passava correndo davanti alla chiesa e andava nei boschi.

Per questo scappò per davvero. Solo che invece di colpire sulla testa il dolore del padre, si inginocchiò per supplicarlo, e accanto a lui si inginocchiò anche il suo dolore. Rimasero immobili a lungo all'ingresso dello sgabuzzino, genuflessi come la madre quando lo lavava. Invece di urlargli quanto lo odiavano, il bambino e il suo dolore tremavano al cospetto di quella bestia dal pelo lungo e dagli occhi arrossati. Era una specie di supplica che li lasciasse partire, che concedesse loro il permesso di andare. Il bambino gli parlò con una voce ancora piú piccola di quella che aveva di solito. Gli parlò della bambina sottile e dell'amore che provava per lei. E gli giurò che sarebbero tornati prestissimo. Se aveva un cuore, pensò il bambino, non gliel'avrebbe negato. E visto che il dolore del padre taceva, il bambino si rialzò, chiuse piano la porta, avvitò due volte la chiave.

Scese le scale in punta di piedi, e una volta spalancato il portone, il cielo si aprí sopra di loro.

La chiamò piú volte urlando il suo nome dalla strada. Ma quel giorno le finestre erano vuote e nessuno cantava. Il bambino si avvicinò al portone e la cercò sul citofono. Ma non sapeva il cognome, per cui provò ad abbinare alla faccia della bambina quelli che c'erano scritti. Però nessuna di quelle combinazioni faceva il sentimento che provava per lei. Cosí schiacciò tutti i pulsanti, come aveva visto fare al postino. Tutte le voci del palazzo iniziarono a parlare insieme – Chi è?, chiedevano soltanto, e al secondo tentativo già rinunciavano – e il bambino non sapeva che fare. Poi tra le voci fece capolino quella della bambina. Allora lui prese coraggio e pronunciò il proprio nome. Le altre voci si fecero mute e rimasero a sentire quei due bambini che si parlavano. Una voce tossí e se ne scusò, e da una finestra vennero fuori le prime strofe di una canzone.

Da dentro il citofono, la bambina disse al bambino che non poteva uscire e nemmeno affacciarsi, perché era venuta la polizia. E quando era andata via, suo padre e sua madre avevano tirato giú le serrande. Poi gli disse che se voleva potevano parlare da lí, che si sarebbe portata una sedia per stare piú comoda. Si allontanò per prenderla e ritornò. Il bambino stava in piedi con il dolore in braccio perché sentisse anche lui. Ogni tanto dovevano interrompersi perché qualcuno voleva suonare, o perché qualcun altro apriva e chiudeva il portone. Parlarono a lungo. Per tutto il tempo il bambino rimase in piedi contro il muro, e la bambina seduta sulla sedia con la luce accesa e le serrande abbassate. Il bambino le recitò tutti gli orari dei treni. Alla bambina faceva ridere che lui li sapesse a memoria, e al bambino faceva ridere che la bambina ridesse. Poi arrivò il tramonto, e il bambino pensò che era meglio tornare. Aveva paura che il dolore del padre, lasciato troppo a lungo rinchiuso, si incattivisse. Disse alla bambina che quello era stato il giorno piú bello della sua vita. La bambina si mise di nuovo a ridere perché non sapeva cosa rispondere.

Il bambino e il suo dolore si incamminarono verso il passaggio a livello. Prima di attraversare i binari, il bambino si voltò a guardare il palazzo, e capí finalmente quali erano le finestre della bambina sottile, perché tutte le altre serrande erano alzate.

Ma lasciare il dolore del padre rinchiuso era un rischio ogni volta. Il bambino si aggirava per il paese nervoso, e anche quando era con la bambina, non era mai veramente con lei. Lei gli faceva domande che lui non sentiva, e il bambino scappava via sempre prima del tempo. Quando un pomeriggio gli chiese il perché di quella fretta e di quelle risposte che non arrivavano mai, lui disse che non erano cose facili da spiegare. Lei lo invitò a provarci, ma non serví. Il bambino corse via insieme al dolore, e lei tornò lentamente nel suo palazzo in cemento.

La ragione del suo nervosismo era che troppe volte, al rientro, aveva trovato il padre seduto all'ingresso. Quando il bambino apriva la porta, il dolore del padre, tenuto al guinzaglio, iniziava a latrare. Dalla bocca gli usciva un ringhio strozzato, il collare gli chiudeva la gola. Se solo il padre avesse lasciato il guinzaglio, in un salto sarebbe stato sopra il bambino. Ma non era questo che il padre voleva, e infatti colpiva il proprio dolore sul muso e gli ordinava di stare seduto. Quando poi il dolore si era calmato, e il figlio si era scusato, il padre si alzava dal divano, si avvicinava al bambino e gli passava una mano in mezzo ai capelli. Poi toglieva il guinzaglio al proprio dolore e lo faceva entrare nella stanza del figlio. E quando era entrato anche il bambino, chiudeva.

Per non correre ogni volta lo stesso rischio, un giorno il bambino si fece coraggio e decise di portare dalla bambina anche il dolore del padre. Agganciò il guinzaglio al collare, gli diede qualche biscotto e, dopo aver chiamato a sé anche il suo dolore, furono fuori. Oltre la ferrovia, in quegli stessi istanti, la bambina dava una carezza al suo dolore spelacchiato prima di uscire, e gli chiedeva di avere pazienza.

Si erano dati appuntamento nei boschi. Il bambino era convinto che lí sarebbe riuscito a controllare meglio il dolore del padre. Ma quando la bambina vide arrivare quell'enorme dolore da solo, si impaurí e si nascose dietro il tronco di un albero. Da lí, teneva d'occhio i movimenti dell'animale. Poi apparve anche il bambino e lei fece un grande respiro. Allora sbucò da dietro il tronco con un'espressione guardinga e cercò il bambino con in faccia ancora un po' di paura. Con gli occhi lui si scusò. Nel frattempo il dolore del padre era corso a cercare una castagna caduta da un ramo.

Il bambino insegnò alla bambina sottile le leggi dei boschi. Le fece sentire le voci degli alberi, le spiegò come faceva il vento a suonare le foglie e per quale ragione a un certo punto le staccava dai rami. Le mostrò quanti animali c'erano in quel posto in cui sembrava non ci fosse nessuno, e a ciascuno diede il proprio nome. Lei lo guardava con occhi pieni di ammirazione. Passò un'ora, ne passò un'altra, e né il bambino né la bambina pensarono ad altro che non fossero i boschi.

I dolori del padre e del figlio per la prima volta giocarono insieme. Il bambino guardò il suo dolore con gratitudine e un po' di apprensione: sapeva che stava facendo di tutto perché lui e la bambina potessero passeggiare senza paure. Certo è che chi fosse passato da lí, avrebbe visto un dolore piccolo e morbido che insegnava a un dolore grosso e ringhioso la vita dei boschi. Gli insegnava a guardare i rami fin quando gli uccelli non prendevano il volo, e dopo gli insegnava a saltare piú in alto possibile per provare a raggiungerli. Il dolore del padre era maldestro e forse era la prima volta che giocava davvero. Si alzava di poco da terra e subito ricadeva giú pesante e affannato. Eppure alla fine il beneficio fu grande. Correre dietro gli uccelli, inseguire le farfalle che fingevano di essere foglie, fece venire al dolore del padre un muso piú mite.

E mentre i dolori giocavano, i due bambini si sdraiarono in un prato perché erano stanchi. La bambina disse che le sarebbe piaciuto passare un altro pomeriggio con lui, e lui disse lo stesso. Quella frase si aprí e rovesciò addosso a loro un grande silenzio. Sembrò un tempo molto lungo ma furono soltanto una manciata di minuti, durante i quali il bambino pensò tantissime parole e non ne disse nessuna. Poi si voltò verso di lei e vide che aveva gli occhi chiusi. Li chiuse anche lui e appoggiò sulle labbra della bambina le sue. A quel punto lei li riaprí.

Cosí come da piccolo per il bambino tutto assomigliava al dolore, arrivò il momento in cui tutto assomigliava alla bambina sottile. Nei boschi le foglie degli alberi che cadevano avevano la forma delle sue mani, ed erano suoi gli occhi che il bambino incontrava per il paese. Persino i bambini e le bambine della panchina assomigliavano a lei, e cosí quelli del bar e i camion che curvavano per andare al confine. Il passaggio a livello erano le sue ciglia che scendevano giú, i binari le sue gambe sottili distese nell'erba, e il grano che cresceva i capelli che lui toccava e intrecciava. Tutto assomigliava alla bambina, e se fosse stato all'asilo la maestra ne sarebbe stata contenta: nei suoi disegni sarebbe comparsa una montagna vera e degli alberi verdi, un cielo blu e delle rondini e un sole con un canino piú piccolo in mezzo al sorriso.

Dopo quel giorno, la bambina e il bambino si videro spesso. Fu quasi sempre nei boschi, perché il dolore del padre avesse piú spazio per correre senza fare del male a nessuno. D'altra parte, non ci furono mai veri pericoli. Di volta in volta anche la bambina fu piú tranquilla con lui. All'iniziò si limitava a lanciare lontano pezzi di legno perché lui corresse a raccoglierli, poi si lasciò avvicinare e infine arrivarono le carezze. Il bambino osservava quei momenti con un misto di sollievo e preoccupazione, pronto a tenere a bada il dolore del padre e contento che non ce ne fosse bisogno. Ma la bambina lo rassicurava, gli diceva che era un dolore come ogni altro. Persino piú bisognoso d'affetto, visto che nessuno lo voleva con sé. Un giorno il bambino lo portò al di là della ferrovia, proprio perché la bambina voleva che il suo dolore spelacchiato conoscesse il dolore del padre. Fu facile e corsero insieme nei prati, inseguirono i treni quando li videro passare. Il dolore del bambino corse con loro. Certe volte sembrava geloso, altre parve felice di avere trovato qualcuno con cui passare il suo tempo.

In quei giorni per il bambino fu piú facile anche entrare e uscire da casa. Era sempre un cubo, ma sui suoi lati poteva proiettare il viso della bambina. A volte era cosí contento che il cubo gli sembrava rivoltarsi, vorticare, diventava un dado e uscivano sempre numeri alti. La madre e il padre lo vedevano entrare e uscire e non dicevano niente. Il padre perché era contento che si occupasse del suo dolore, la madre perché non parlava mai. Ma un giorno, uscendo dal portone, il bambino alzò gli occhi alla finestra e lei era lí affacciata e lo accompagnò con lo sguardo. Quello sguardo gli diede una spinta e lui corse piú leggero verso i boschi per incontrare la bambina. Lí tutto ricominciò in una ripetizione sempre uguale e sempre diversa. E si sdraiarono nell'erba, lui inventò delle rime perché le sue storie fossero piú belle, si presero per mano, e non unirono piú le labbra con le labbra per non rovinare il ricordo. Si fecero delle promesse senza conoscerne il significato. Ma lo fecero lo stesso perché alcune parole, messe in bocca, avevano un buon sapore.

Un pomeriggio videro un treno fermo in stazione. Si avvicinarono e guardarono oltre i finestrini, perché i treni li avevano visti sempre da lontano. Chiesero al capotreno come mai il treno non ripartiva. Lui rispose che si era rotto. I due bambini si guardarono e poi chiesero al capotreno se potevano salire, e pochi istanti dopo erano sopra.

Si sedettero l'uno di fronte all'altra. Guardarono oltre il vetro e c'era la casa della bambina. Guardarono dentro il treno e videro tanta gente seduta, le valigie sopra le teste, le borse sopra le gambe. Erano tutti diretti al confine. I due bambini rimasero seduti a lungo vicino al finestrino, serissimi e con due mezzi sorrisi. Finché il capotreno, con il suo cappello rosso, bussò contro il vetro e fece segno di scendere. Sentirono il treno riaccendere il motore, e saltarono giú.

Un pomeriggio la bambina arrivò all'appuntamento nei boschi piena d'affanno, con la faccia sconvolta. Gli chiese scusa mille volte per averlo fatto aspettare, e gli disse che sarebbe dovuta andare via presto. Fu quella la prima volta che gli parlò di suo padre. Gli disse che erano di nuovo venuti a cercarlo. Questa volta non era la polizia.

La bambina parlava e non riusciva a tenere ferme le mani. In casa, disse, il padre non c'era perché era scappato, e la madre aveva cominciato a urlare contro quegli uomini come se non avesse paura di niente e nessuno. La bambina l'aveva guardata e in mezzo a tutti quegli urli era stata orgogliosa di avere una mamma che era come una tigre. Quando poi gli uomini erano usciti lasciando minacce per tutta la casa, la madre si era chiusa in bagno e aveva aperto l'acqua del lavandino per piangere senza che lei la sentisse. Ma la bambina l'aveva sentita. Si era appoggiata alla porta e aveva pianto anche lei, perché per la bambina il pianto della mamma era il pianto piú grande del mondo. Si era seduta, e quando la sua nuca aveva battuto contro il legno, la madre aveva chiuso il rubinetto e aperto la porta. Quindi si era seduta in terra anche lei e aveva preso la bambina dentro un abbraccio. Perché per la madre quello era il pianto piú grande del mondo, era un pianto infinito.

Quando la bambina raccontava, si asciugava gli occhi ancora prima che le lacrime uscissero. Non voleva che il bambino la vedesse piangere. Lui le prese la mano e la portò a camminare per i boschi, che era l'unico modo che conosceva per non pensare alle cose che lo rendevano triste. La bambina gli disse che suo padre era scappato via in macchina, ma non sapevano dove. Lei e la madre avevano preso la macchina dello zio e avevano cominciato a cercarlo dovunque. Erano andate nei paesi vicino, avevano suonato a tutti gli amici e i parenti, ma nessuno sapeva niente di lui. Cosí adesso erano in tanti che lo cercavano, disse la bambina, e forse sarebbe servito a qualcosa. Erano andate anche al cimitero, perché la madre diceva che quello era il nascondiglio perfetto. Avevano urlato il suo nome in mezzo alle tombe ma non aveva risposto nessuno. L'avevano urlato di nuovo e un gatto era uscito da dietro un cespuglio ed era corso dietro una lapide scura. Con la macchina ferma davanti al cimitero, la madre aveva colpito il volante con un pugno. La bambina, seduta di fianco con la cintura di sicurezza allacciata, l'aveva guardata e le aveva appoggiato una mano sopra la gamba.

La madre era poi uscita dalla macchina. La bambina le vedeva la schiena, oltre il parabrezza. Si era appoggiata al cofano, si era accesa una sigaretta, e guardava verso il paese. In quel momento era arrivata un'altra macchina, ne era uscito un uomo che la bambina non aveva mai visto. Tutti e due agitavano le mani e allargavano le braccia. Lui indicava la montagna, lei diceva di no con la testa e indicava un punto oltre la ferrovia. L'uomo era poi salito in macchina e se n'era andato verso il paese. E quando la madre aveva aperto la portiera e si era seduta al posto di guida, la bambina aveva tirato i piedi giú dal sedile. Poi aveva chiesto alla madre se il padre era morto. La madre si era voltata verso di lei, le aveva chiesto di ripetere la domanda, e l'aveva colpita con uno schiaffo. Dopo l'aveva abbracciata, le aveva chiesto scusa e le aveva detto di no.

La bambina disse tutto questo quasi senza respirare, mentre l'oscurità cominciava a fare invasione nei boschi. Raccontando gesticolava, e senza accorgersene aveva alzato il tono di voce. Quando aveva cominciato a gridare, il dolore del padre, dietro di loro, aveva preso a ringhiare. Se il bambino se ne fosse accorto l'avrebbe calmato, ma lui non si accorse di nulla e il dolore continuò a ringhiare, ogni secondo di piú e in maniera sempre piú minacciosa. Se solo si fosse voltato, il bambino avrebbe visto il suo pelo alzarsi sopra la schiena. Fu cosí che quando la bambina mimò lo schiaffo che le aveva dato la madre, il dolore del padre in un salto la spinse a terra.

Avvenne tutto in un attimo, e il bambino non poté fare niente per impedirlo. Lei cadde al suolo senza gridare. Il bambino colpí sulla testa il dolore del padre e lo allontanò urlando dalla bambina. Poi la aiutò ad alzarsi ma non seppe cosa dire. Le tolse l'erba dai capelli e dal vestito, le prese dal prato il fermacapelli. Lei si tirò su e lo guardò con occhi increduli. Gli chiese Perché?, e scappò via. Il bambino la vide correre e restò immobile, tenendo per il collare il dolore del padre. Era la sua paura piú grande che si avverava. Avrebbe voluto chiamarla ma non ci riuscí. Lei si allontanò, e il dolore del bambino le corse dietro. Poco dopo tornò indietro da solo, senza guardare il suo padrone.

Trovarono il padre della bambina in un campo. Il bambino lo venne a sapere mentre attraversava la piazza. Nessuno lo fermò, ma tutti smisero di parlare quando lo videro. Pronunciarono il nome della bambina, ma con le voci piú basse. Il bambino rallentò perché voleva sentire. Dissero che avevano trovato il padre morto in un campo dietro la ferrovia. Quella frase il bambino la sentí poi ripetere per tutto il paese. Lungo la strada, davanti all'asilo, vicino alla chiesa.

In quei giorni il bambino se ne stava tutto il tempo nei boschi sperando di dimenticare la bambina sottile e che lei si dimenticasse di lui. Pensare a lei aveva sempre fatto diventare il mondo piú grande, ma dopo che il dolore del padre l'aveva aggredita tutto era diventato piccolo e angusto. Anche dentro il ricordo non era rimasto piú niente. C'era solo lo sguardo di lei che cadeva. C'erano soltanto i suoi occhi e le sue labbra che chiedevano perché, e la sua voce che si spegneva contro l'asfalto. Il bambino provò a parlarle all'uscita di scuola, ma la bambina si voltò e corse via verso casa. Un pomeriggio si spinse oltre la ferrovia perché voleva chiederle scusa. Camminò sotto il suo palazzo a lungo ma lei non si affacciò. Suonò. La bambina però non scese a parlare con lui. Gli disse anzi al citofono che non doveva cercarla mai piú. Poi dentro il citofono comparve la madre, che disse al bambino di tornarsene a casa, che avevano già tante preoccupazioni.

Avevano trovato il corpo del padre pochi giorni dopo la fuga. Quando si era diffusa la voce, in tanti avevano pensato che fosse un regolamento di conti, che l'avessero ucciso gli uomini che avevano sfondato la porta di casa. Lo avevano pensato come un pensiero brutto ma quasi normale, perché oltre la ferrovia era quasi normale che si finisse cosí. Era successo altre volte e molte altre sarebbe successo in futuro. Sarebbero comparse vedove nuove e nuovi orfani, e il tempo li avrebbe masticati e digeriti come faceva con tutto.

Solo che il padre della bambina non era stato ucciso da un gruppo di uomini armati. Aveva fatto tutto da solo. Lo trovarono al mattino in un campo seduto al volante della macchina spenta, con un tubo di gomma che gli entrava dal finestrino. Era un campo non troppo distante dalla stazione. All'alba il casellante lo aveva visto dalla sua finestra, aveva fatto passare il primo treno per il confine e poi aveva attraversato i binari per andare a vedere. Aveva aperto la portiera, il tubo era caduto giú e non c'era stato niente da scoprire. Non era il primo morto che vedeva nella sua vita, avrebbe poi detto, e non gli era sembrata nemmeno una faccia infelice. Aveva trovato un foglio sopra il cruscotto e lo aveva dato alla moglie. Sopra c'era scritto in stampatello LA VITA È UNA MERDA. La moglie lo aveva piegato e se l'era messo in tasca perché non voleva che la bambina lo vedesse. Non voleva che credesse che aveva ragione.

Poi si raccolsero tutti davanti alla chiesa. Perché se il dolore li ammazzava al di là della ferrovia, poi era al di qua che si ritrovavano per dargli la benedizione. In quella chiesa entravano soltanto per sposarsi e morire. Ma per il padre della bambina erano in pochi. Se il dolore che uccide non è quello degli altri ma il proprio, tutti si chiudono in casa. Il bambino passò davanti alla chiesa mentre la bambina e sua madre arrivavano in macchina. Parcheggiarono e s'incamminarono verso l'ingresso. La bambina lo vide. Poi mise una mano dentro la mano di sua madre e proseguirono verso la chiesa.

Il bambino restò dall'altra parte della strada tenendo per il collare il dolore del padre. Avrebbe voluto attraversare, parlare con la bambina, ma non lo fece. Rimase lí a vedere le cose succedere, cercando di ammansire con le carezze quell'animale ringhioso. Il suo dolore, al contrario, si buttò in strada e andò dalla bambina. A metà strada si voltò, e quando vide che il padrone non lo seguiva gli rivolse uno sguardo di supplica, e subito dopo uno di delusione. La bambina si chinò, lo prese in braccio, se lo strinse al petto, e poi lo rimandò dal bambino.

La bambina entrò in chiesa con gli altri, con gli altri fu inghiottita dal buio del grande portone, e quando uscí, il bambino non c'era.

Il bambino non c'era perché il suo dolore era scappato nei boschi. Quando aveva riattraversato la strada non era andato ad accucciarsi tra le gambe del suo padrone. Se n'era rimasto in disparte, rivolgendogli di tanto in tanto uno sguardo. Stava sdraiato sul marciapiede a guardare gli altri passare. Aveva aspettato invano che il bambino si avvicinasse, ma il bambino sembrava interessato soltanto al dolore del padre. Lo accarezzava, gli diceva parole che il suo dolore non riusciva a sentire.

Un uomo e una donna nel frattempo erano scomparsi dentro il portone della chiesa. Era arrivata la macchina che aveva raggiunto la madre e la bambina davanti al cimitero, e ne era uscito lo stesso uomo di allora. Si era fermato qualche istante per gli ultimi tiri di sigaretta, poi aveva lanciato in terra il mozzicone ed era entrato. Oltre quel portone c'erano la bambina, sua mamma e poche altre persone. A qualche metro da loro, c'era il padre, chiuso dentro una cassa di legno e issato davanti all'altare. Da dietro l'altare si erano levate parole troppo consolanti per poterli consolare davvero. Non erano state molte, in ogni caso, ed erano cadute tutte sui fiori appoggiati sopra la bara. Durante le preghiere qualcuno si era inginocchiato. Altri erano rimasti seduti. La bambina era restata sempre in piedi.

Quando, fuori dalla chiesa, il dolore del bambino scappò, lui sentí solo le unghie sull'asfalto e vide la sagoma sfrecciare lontano. Avvenne tutto in un attimo, con quell'unico rumore improvviso, come di un ramo che si rompe sotto la neve. Il bambino si voltò, e il suo dolore aveva già infilato la curva dopo una casa ed era scomparso. Allora il bambino iniziò a correre con tutto il fiato che aveva. Piú avanti, il dolore grattava con le unghie per terra. Sapeva dove stavano i boschi, ed era lí che voleva arrivare. Piú indietro lo seguivano le urla. E lo seguiva il bambino, e accanto a lui il dolore del padre, l'unico che sarebbe stato in grado di raggiungerlo. Ma anche l'unico che non aveva alcuna ragione per farlo.

Un'ora piú tardi il bambino era sotto casa, senza il suo dolore. Rimase lí a lungo: non trovava la forza di salire le scale. Non pensava nemmeno, perché non aveva pensieri. Stava seduto per terra, con il dolore del padre sdraiato di fianco.

Il bambino infilò la chiave nella toppa, e il padre e la madre li guardarono entrare. Forse se ne accorsero, forse non ci fecero caso. Il bambino e il dolore del padre sfilarono davanti a loro. Passarono in corridoio fino alla camera da letto. Poi venne l'ora di cena e la madre come sempre chiamò. Il bambino si mise seduto a tavola, allargò il tovagliolo sopra le gambe e pensò al proprio dolore nei boschi. Era notte, pensò. Però c'era la luna, e probabilmente faceva piú luce del lampadario che pendeva sopra la tavola apparecchiata. Davanti a lui il padre fece una specie di sorriso. Il bambino lo lasciò cadere in terra, sperando che si rompesse in tanti piccoli pezzi.

A questo punto si potrebbe pensare che il bambino fosse triste. A guardare il paese dall'alto, a guardarlo con gli occhi di uno degli uccelli che si erano staccati dai rami, si vedrebbe una strada, una piazza, una chiesa e delle altre stradine di case e cortili. Poi si vedrebbe la ferrovia dividere in due parti il paese come una cicatrice lunga e precisa: ogni metro il punto di sutura di una traversina, poi un'altra, e cosí via fino a perdere il conto.

Un uccello che si fosse staccato dai rami sarebbe passato da una parte all'altra di quel corpo cucito che era il paese. Avrebbe trovato alberi simili sia di qua che di là. Oltre la ferrovia ne avrebbe trovati di meno. Ma forse avrebbe trovato piú uomini e donne che lasciavano briciole sui balconi. Avrebbe sentito dei canti uscire dalle finestre. E forse avrebbe accordato il proprio fischio a quel canto, e gli uomini e le donne gliene sarebbero stati grati. Forse invece nessuno si sarebbe accorto di lui. In fondo non è cosí importante che qualcuno veda una cosa bella, se accade. Un uccello che si fosse staccato da un ramo e fosse volato sopra il paese, forse avrebbe visto la macchina del padre della bambina nel prato. Forse avrebbe visto il momento in cui l'auto aveva smesso di tremare perché la benzina era finita. Forse, con l'ultimo tremito della macchina, l'uccello avrebbe capito che l'uomo era morto. Forse volando piú basso avrebbe letto le parole lasciate sopra il cruscotto. E forse non ci avrebbe creduto.

Certo è che un uccello che si fosse staccato dai rami e fosse volato sopra il paese, avrebbe visto le stesse cose che vedeva il bambino. Però avrebbe visto altre due cose che lui non vedeva. La prima era che il paese finiva davvero, ma questo il bambino già lo sapeva. Dopo il paese c'era un ponte, e dopo ancora c'erano tanti campi pettinati dagli uomini, e poi altri paesi e campagna e infine il resto del mondo. Il bambino sapeva anche che da qualche parte c'era il mare, e che la distanza del paese dal mare era un numero di tre cifre.

La seconda cosa che l'uccello avrebbe visto, era il bambino. L'avrebbe visto oltre i vetri della sua stanza. L'avrebbe visto che correva e pedalava per le strade e nei boschi, che aspettava la bambina oltre il passaggio a livello con il dolore, che le parlava da sotto il portone, che si sedeva in terra sconfitto. E avrebbe visto il dolore del padre che spingeva la bambina per terra, e il dolore del bambino che scappava nei boschi inseguito dal suo padrone. A differenza del bambino, l'uccello avrebbe visto anche dove scappava, per quali sentieri correva, sotto quali cespugli passava la notte. Se superava il cartello con il nome del paese, se si rifugiava tra i tavolini del bar, sotto la finestra della bambina, davanti alla chiesa. Se raggiungeva il confine, se per arrivarci attraversava i boschi o correva lungo la ferrovia, se era felice o infelice, se si stava cacciando nei guai.

Un uccello avrebbe potuto vedere tutte queste cose, o forse no, perché anche gli uccelli fanno quello che vogliono e possono fare. Ma certo è che se qualcuno avesse visto il bambino in quel momento, sentendo la sua tristezza avrebbe provato una pena infinita. Ma poi avrebbe capito che se il dolore e l'amore non fossero scomparsi d'un colpo, il bambino non sarebbe mai partito per andarli a cercare.

Il dolore cercò la sua nuova casa vicino ai binari. Tanto la casa del bambino era piena di porte chiuse, quanto la stazione era spalancata su tutto. Da una parte c'era il confine, dall'altra il resto del mondo. Si accucciò sotto il cartello blu con il nome bianco del paese. Accanto al cartello c'era la campana. Quando cominciava a suonare, il dolore alzava le orecchie e guardava nelle due direzioni. Chiudeva gli occhi perché il rumore gli faceva paura. Li riapriva soltanto quando il treno era fermo e spalancava le porte. A quel punto guardava, e cercava con gli occhi. Che cosa cercasse non è dato saperlo: forse sperava che su uno dei predellini comparissero due piedi che conosceva. O forse invece cercava qualche altro dolore perché gli facesse compagnia. Il dolore del bambino sapeva bene che un dolore senza padrone è solo uno spreco nel mondo. È una nuvola che non si svuota di pioggia, è un pensiero che non pensa nessuno, una bicicletta legata a un palo per sempre.

Scelse di stare vicino ai binari perché erano a metà strada tra la casa del bambino e quella della bambina sottile. Per qualche tempo, dopo la morte del padre della bambina, dai palazzi in cemento non uscirono piú canzoni. C'era un silenzio bagnato che pesava su tutte le cose. Certo, si entrava e si usciva come si era fatto da sempre. Le macchine svuotavano e riempivano i parcheggi, i motorini partivano con due persone sopra il sellino. Tutto questo avveniva però senza un suono, come se avessero tolto il volume al mondo al di là della ferrovia.

Tutte le mattine, il dolore vide la bambina sottile attraversare i binari per andare verso la scuola. La vedeva uscire da casa con uno zaino sopra le spalle e la seguiva con lo sguardo fino al passaggio a livello. A quell'ora gli occhi della bambina erano piccoli. Spesso era in ritardo, e il dolore la vedeva correre lungo i binari legandosi i capelli dietro la nuca. Se trovava la sbarra abbassata, si toglieva lo zaino, si piegava e ci passava sotto controllando che non ci fosse nessun treno in arrivo. Quindi riprendeva a correre e spariva oltre la curva. All'ora di pranzo da quella stessa curva compariva di nuovo, gli occhi piú grandi, il passo piú lento. Certe volte il dolore la sentiva cantare, la sua voce s'infilava dentro il silenzio ma senza spaccarlo.

Un giorno, poi, quel silenzio finí. Si ricominciarono a sentire i motori e le grida per la strada, e poi qualche risata e di nuovo le voci. Tutto tornò come prima. Il dolore qualche volta vide la madre accompagnare la bambina in macchina. Vide la bambina, oltre il finestrino, con lo zaino appoggiato sopra le gambe. Corse dietro alla macchina, e fu cosí che, senza averci pensato, si decise ad attraversare il paese e tornare verso la casa dove stava il bambino.

Passò davanti al bar, che aveva le sedie impilate e la saracinesca abbassata. I pochi lampioni disegnavano deboli cerchi di luce per terra. Si lasciò alle spalle l'asilo che, quando era cosí sigillato, era uguale a tutte le case. Attraversò la piazza e nessuno lo chiamò, perché le panchine erano vuote. Quando arrivò sotto la casa vide che la serranda era abbassata. Era normale perché era notte. Non vide però che da una fessura passava la luce, perché il bambino non riusciva a dormire. Si sdraiò in terra, proprio sotto il balcone. Poco dopo, la luce si spense. Forse fu per caso, forse no.

Per molto tempo il dolore non si fece vedere, ma non abbandonò mai il suo padrone. Perché se è vero che il bambino non poteva vivere senza il suo dolore, era vero anche l'inverso: senza il bambino il dolore era un'ombra che girava per strada. I camion non rallentavano né gli suonavano mentre sfrecciavano verso il confine. I bambini non lo prendevano in giro, le bambine non avevano carezze per lui. Per questo, e nonostante ciò che era successo, il dolore non avrebbe mai lasciato il bambino. Lo seguiva da lontano quando lo vedeva camminare in paese, e ogni sera dormiva sotto il suo balcone.

Finché un giorno vide entrare il suo padrone nel cimitero. Era quello il posto in cui il bambino trovò il suo rifugio. Il bambino si appoggiò al cancello, il cancello cigolò, e il dolore restò fuori. Dopo averlo guardato tante volte da lontano, il bambino aveva pensato che era arrivato il momento di entrarci. Erano bastati pochi istanti e qualche metro in mezzo alle tombe, per capire che quello era il posto perfetto per lui, adesso che era rimasto senza dolore e senza bambina. Era la vita messa dentro una scatola. Il bambino sentiva che nulla l'avrebbe piú corrotta. Non la pioggia, non la neve, non il passare del tempo. Sarebbe rimasta cosí, sigillata e riposta in quel luogo, come giocattoli dimenticati in cantina.

Varcata la soglia del cimitero, il bambino si sentiva subito meglio. Tra le tante persone che aveva incontrato in quegli anni, i morti erano quelli con cui sentiva di avere piú cose in comune. Non stavano sulle panchine in mezzo alla piazza, non lo prendevano in giro quando passava, non si chiudevano in casa se arrivava la polizia. Non sparavano, non cucinavano cibi senza sapore, non affidavano ai figli dolori che avrebbero potuto sbranarli. Se anche avevano avuto un dolore e un amore, i morti adesso non ce l'avevano piú. E proprio come il bambino, avevano cercato un posto dove passare il tempo in silenzio. Solo che loro ci erano andati ad abitare per sempre. Per il resto c'erano gli alberi, c'era la stessa montagna che il bambino vedeva dalla finestra, e c'era anche la ferrovia che correva lí di fianco con tante facce dentro i finestrini.

Una volta scoperto il cimitero, il bambino ci andò quasi ogni giorno dopo la scuola, e ogni giorno conobbe qualcuno di nuovo. Studiava le fotografie e compitava in silenzio i numeri che avevano segnato ogni vita. Istintivamente, e senza nessuna ragione, sommava il giorno della nascita e quello della morte, e poi annotava su un quaderno il risultato. A quel punto li divideva in gruppi, creando piccole comunità aritmetiche che si facevano beffe delle ragioni del sangue. Si spostava tra le tombe scavalcando generazioni e famiglie, collegando con i passi persone che probabilmente non si erano mai viste, vuoi perché non c'era stato un punto comune nello spazio, o perché il tempo li aveva sfilati dal mazzo in due momenti troppo distanti. Quando il pomeriggio finiva, il bambino si avviava all'uscita. Prima di chiudersi il cancello alle spalle, si voltava per dare uno sguardo d'insieme. Sentiva una specie di orgoglio, come il sindaco di un piccolo e silenzioso villaggio.

Per dimostrare ai morti che non era diverso da loro, un giorno pensò che avrebbe dovuto avere una tomba tutta per sé. Prese due rami nei boschi: con una corda ne fece una croce e con un coltello ottenne una punta. Quindi scelse, tra quelle inserite nell'album dei genitori, una foto in bianco e nero in cui si piaceva. Ritagliò la propria figura in mezzo a quella della madre e del padre e ripose la foto dove l'aveva trovata. Poi andò al cimitero e cercò la tomba accanto a cui sistemarsi. Vide la foto di un uomo e di una donna abbracciati. Gli piacevano le tombe con due nomi invecchiati insieme, e uniti anche nel cimitero. Spinse la punta della croce di legno dentro la terra e l'avvitò finché non la sentí ben conficcata. Provò a estrarla dal terreno, non ci riuscí e ne fu contento. Avrebbe dovuto resistere al vento e alla pioggia. Attaccò la propria fotografia con lo scotch e sotto mise un foglio con le date. E siccome non riusciva a decidersi sulla data di morte, mise la stessa di quando era nato.

Poi si alzò, fece qualche passo indietro e l'insieme gli piacque. Gli piacque anche quella fotografia ritagliata in cui aveva un ciuffo sollevato dal vento. E pensò a quell'altra tomba, molto piú brutta, che aveva scavato con le forbici dentro l'album dei suoi genitori.

Il bambino passava molto del suo tempo nel cimitero. Il cimitero era piccolo perché era piccolo il paese. Era un rettangolo messo alla fine di tutto. Come in ogni posto del mondo, era piú piccolo del paese o della città, ma era piú popolato. Erano tanti, ogni anno, quelli che continuavano a trasferirsi in quel luogo. Da vivi avevano occupato molto spazio. Avevano voluto case a due piani, sale e balconi, grandi finestre, vasche da bagno, vista sul mondo. Quando poi morivano li caricavano sopra una macchina. Li seguivano tacendo, aprivano il cancello e finite le sepolture se ne andavano. Da morti, insomma, i vivi dovevano accontentarsi di quei posti un po' periferici. Stavano a centinaia impilati, rinchiusi in monolocali senza finestre. Il tempo li faceva sempre piú piccoli. Rosicchiava prima la carne, dopo le ossa, fino a che non diventavano polvere. E i treni che la sera andavano vuoti verso il confine li illuminavano per qualche secondo e poi li restituivano al buio.

Per il bambino, il cimitero era il paese ideale. C'erano strade, c'erano piccole piazze, c'erano panchine, c'erano alberi. E sopra i rami degli alberi si posavano gli uccelli, che spesso fischiavano. Ogni volta che li vedeva staccarsi dai rami, il bambino faceva un grande respiro e pensava al suo dolore fuggito nei boschi e alla bambina chiusa nel suo palazzo di cemento. Era sicuro che, se avesse trovato uno, sarebbe riuscito a trovare anche l'altra. Al dolore del padre chiuso in casa, invece, non pensava mai. O meglio, il pensiero gli tagliava la strada e lui, seppure con un po' di spavento, lo lasciava passare. Poi cercava di dimenticarlo dedicandosi alla manutenzione del cimitero. In particolare, gli piaceva spolverare le fotografie e i nomi incisi sopra le tombe. Per pulirli meglio, infilava un dito dentro le lettere e portava via lo sporco con i polpastrelli. Era un gesto naturale, come quando i vivi infilavano il dito dentro il disco del telefono per parlare con qualcuno. Inserivano la punta del dito in uno dei fori con sotto una cifra, tiravano, il disco girava, e poi ritornava al suo posto. Quindi un'altra cifra, finché il numero non era completo, e dopo qualche istante di attesa cominciavano a parlare, ascoltare, fare domande.

Cosí faceva il bambino con i nomi dei morti: con la punta del dito li componeva, lettera dopo lettera. Poi aspettava qualche istante e non succedeva niente, che è il modo in cui i morti parlano ai vivi nei cimiteri. I vivi poi si ripassano dentro la testa quel niente per giorni e per notti. E il niente diventa tutto, ed è cosí che funziona la mancanza che provano i vivi per chi non c'è piú.

Certi giorni il bambino non era piú in grado di uscire dal cimitero. Conosceva tutti i morti a memoria, ne sapeva le facce e le date, e però si smarriva tra quelle stradine di sabbia e ghiaia. Si aggirava con le labbra strette per la paura, e piú accelerava il passo piú tutto si confondeva. Quando tutto era confuso con tutto, si sedeva sopra una tomba e con le mani si copriva la faccia. Poi, senza quasi rendersene conto, per una specie d'istinto, cominciava a passare il dito dentro il nome della persona che stava scritto sopra la tomba. Dopo qualche istante d'attesa, come un numero fatto per sbaglio, dall'altra parte alzavano la cornetta. Ed è vero che i morti non dicono niente, però conoscono bene la strada che hanno fatto per arrivare fin lí. Non possono uscire ma sanno indicarla a un bambino. Lo fanno, e dopo mettono giú.

A parte il bambino, quasi nessuno dei vivi entrava nel cimitero. Di questo il bambino era contento, e poco per volta cominciò a sentirsi uno dei tanti che stavano lí. Anche lui aveva una tomba, anche lui stava oltre il cancello. Anche nel cimitero c'era una panchina ma ci salivano i gatti. I gatti non dicevano niente. Si spostavano di continuo e non si facevano accarezzare. Con quel loro strofinare il pelo sopra le lapidi, erano i veri addetti alla pulizia delle tombe. Dove c'erano loro, le facce riacquistavano colore, i denti diventavano sorrisi. Dopo il passaggio di un gatto, tra le strade del cimitero sembrava domenica. Ma loro nemmeno si soffermavano a guardare il frutto del proprio lavoro. Davano un ultimo colpo di coda alla tomba, e saltavano sulla successiva. Quando uno dei gatti passò il pelo morbido sopra la sua fotografia, il bambino non se ne accorse ma le mani gli diventarono calde. Poi tutto tornò come prima. I gatti continuarono a fare la spola tra il cimitero e il mondo dei vivi. Non c'era orario e non c'erano sbarre che potessero impedire loro l'accesso o l'uscita. Finito il servizio di pulizia nel mondo dei morti, si arrampicavano sui muri, saltavano giú e correvano per le strade. Chiunque li avesse guardati negli occhi, avrebbe capito e ne avrebbe avuto paura. Ma pochi, e forse proprio per questo, avevano il coraggio di infilare gli occhi negli occhi dei gatti. Preferivano lasciarli sfilare per il paese senza richiamare la loro attenzione: davanti alla chiesa, vicino alla piazza, tra le gambe delle panchine, lungo la strada che porta al confine. Poi i gatti salivano sui balconi e inserivano il muso dentro ciotole già pronte per loro. Accettavano poche carezze e chiudevano gli occhi, perché dagli occhi non uscisse il segreto felino del mondo dei morti.

Solo il sabato pomeriggio al cimitero entrava qualcuno. Non appena sentiva il cigolio del cancello, il bambino correva a nascondersi dietro una tomba che stava in un angolo, sotto il muro che separava il cimitero dai binari del treno. Non era piú grande delle altre, ma era un rifugio sicuro. La faccia dentro la fotografia assomigliava un poco a sua madre. Proprio per questa ragione sulle prime gli aveva fatto paura. Ciò nonostante, però, si era avvicinato, come se da dentro la tomba l'avesse chiamato una voce. Allora aveva osservato meglio, inclinando la testa per vedere ogni dettaglio: gli occhi, la bocca, le orecchie, i capelli. Quindi aveva passato il dito dentro quel nome inciso nel marmo. L'aveva fatto nel modo consueto, lettera dopo lettera, e come sempre l'aveva composto senza pensare. Dopo qualche istante di silenzio, dall'altra parte qualcuno aveva alzato la cornetta e il bambino aveva sentito una voce di donna. Era come un vento caldo che gli accarezzava la testa. Gli era uscita una lacrima e lui l'aveva lasciata scendere. Il bambino aveva sentito che attraversava le guance, che raggiungeva il mento. L'aveva vista cadere sul nome della donna e riempire una lettera. Poi un'altra lacrima e un'altra lettera, finché il nome della donna era stato pieno del pianto del bambino. Come tutti i morti anche lei non aveva detto niente ma lui aveva capito. Il bambino si era accucciato, e aveva appoggiato la schiena e la nuca contro il marmo, e non era passato un minuto che già dormiva.

Quella donna divenne il posto in cui il bambino andava a nascondersi. Sentiva cigolare il cancello e correva subito dietro la tomba. Si metteva in ginocchio e stava a guardare i pochi vivi che entravano. Di solito erano bambine diventate vecchie e poi rimaste da sole. Camminavano lente lungo il vialetto – il bambino sporgeva appena la testa, quel tanto che consentiva a uno degli occhi di sorvegliare – e calpestavano la ghiaia malferme. Erano tutte uguali, e tutte avevano un dolore che arrancava alle loro spalle, ancora piú vecchio e malconcio di loro. Raggiungevano una tomba e fissavano la foto senza espressione, quasi che chiedessero il permesso di varcare la soglia anche loro per sempre con il dolore malridotto che si portavano dietro. Stavano davanti alla foto in quella specie di confusa preghiera, nell'attesa di un lasciapassare. Che però non arrivava mai. Allora si voltavano e si incamminavano rassegnate e sfiancate per il sentiero di ghiaia e si chiudevano il cancello alle spalle. Anche quel giorno l'autorizzazione era stata negata.

La bambina entrò nel cimitero un pomeriggio poco prima di cena. Era estate, l'umidità aveva zittito le ali delle cicale e i grilli avevano già preso la scena. Il loro frinire costruiva una fortezza a difesa di quel mondo raccolto. Non c'era rumore che potesse scavalcarne le mura. Non il pullman di linea, che davanti al cimitero faceva l'ultima delle fermate. Non i trattori che tornavano dalla campagna. Solo le biciclette si confondevano con i grilli. Il ronzio dei raggi sopra l'asfalto s'insinuava in mezzo al frinire. Poi chi pedalava proseguiva, sfilandosi contemporaneamente dai grilli e dai morti, fino a sparire dentro la curva.

Appena sentí cigolare il cancello, il bambino corse a rifugiarsi dietro la donna con la voce del vento. Ma quando sporse l'occhio oltre la lapide la vide. Con la saliva, gli sembrò di inghiottire anche il cuore. Le mani si fecero calde, i due denti storti davanti si spinsero oltre le labbra. La bambina procedeva lungo il sentiero con il suo dolore spelacchiato e un piccolo mazzo di fiori. La ghiaia friggeva. Il bambino era immobilizzato a guardarla. La bambina era piú bella e sottile che mai. Lui ricominciò a respirare, il cuore a battere, i grilli a frinire.

La bambina si fermò a pochi metri da lui. Infilò il mazzo di fiori dentro un vaso da cui sfilò un mazzo uguale ma di fiori appassiti. Al bambino non ci volle molto per capire che era la tomba del padre di lei, e fu triste al pensiero di esserci passato accanto ogni giorno senza vederla. La bambina si sedette sul marmo con un misto di dolcezza e pudore: non come chi si mette a sedere su una panchina, ma come chi si siede sulle gambe del padre. Quindi chiuse gli occhi e prese a dondolarsi sul marmo. Dalla bocca le uscí un canto esile, una nenia che per un attimo cucí il mondo dei vivi e quello dei morti.

Poi si rialzò e fece la stessa strada ma con passo piú leggero. Anche il dolore spelacchiato sembrava avere riacquistato un po' di vigore. La bambina si legò i capelli dietro la nuca e si diresse verso il cancello. Sospeso nel cimitero, il suo canto saliva piano e si disperdeva nell'aria. Per riuscire a seguirla fino all'uscita, il bambino aveva ormai sporto tutta la testa oltre la lapide. La vide accelerare il passo, e sperò che si accorgesse della croce di legno che aveva conficcato dentro la terra. Ma la bambina passò oltre.

Fu in quel momento che il bambino uscí dalla tomba dietro cui si era nascosto. E mentre la bambina apriva e poi si tirava dietro il cancello, lui disse il suo nome. Ma la voce si ruppe e lei non sentí. Però aveva lasciato il cancello socchiuso, e fu da lí che il dolore del bambino entrò nel cimitero e corse incontro al suo padrone agitando la coda di contentezza. Il bambino lo prese in braccio. Lo guardò e gli sembrò trascorso un tempo infinito da quando era scappato. Poi oltrepassarono il cancello e furono fuori. Il bambino si riparò gli occhi per la luce che c'era, nonostante fosse solo un tramonto.

Fu cosí che capí che il suo posto non era tra i morti. Il bambino e il suo dolore attraversarono il paese con uno sguardo tutto diverso. Tagliarono la piazza senza paura, perché gli occhi che aveva il bambino erano gli occhi di chi va a riprendersi una cosa che gli è stata sottratta. Le auto si fermarono e li lasciarono attraversare. Un signore scese dal marciapiede per cedere il passo. Il bambino e il suo dolore percorsero tutto il paese, e come sempre fu il bar, fu la chiesa, fu la piazza, e poi fu la casa. Superarono il vialetto senza un altro pensiero che non fosse quello di entrare.

Il bambino spinse il portone, salí a due a due i gradini e quando raggiunse il suo piano vide che davanti alla porta c'erano molte persone. Una signora si staccò dal gruppo e andò verso di loro. Disse che doveva farsi coraggio, perché dentro c'era la polizia. Poi si scusò e gli spiegò che aveva dovuto chiamarla per via delle urla. Temeva che potesse succedere qualcosa di brutto. Il bambino non disse niente e aprí la porta di casa. L'ingresso era buio e per terra c'era un lampadario in pezzi. Il bambino prese in braccio il dolore perché non si tagliasse. C'era un'anta dell'armadio divelta e buttata contro il divano. E c'erano piatti rotti sul pavimento e scarpe e chiavi di casa.

Il bambino si guardò le mani perché non aveva piú spazio per altre rovine. Ma in cucina c'era una luce, e in mezzo a quella luce c'era una figura in divisa. Il poliziotto andò incontro al bambino e lo invitò a seguirlo. Entrarono in cucina, e in cucina il bambino vide la mamma con la faccia dentro le mani. In mezzo ai capelli c'era del sangue, ma il poliziotto disse che non era niente di grave. Il bambino provò invano a cercarle gli occhi. Pensò al dolore del padre, a tutto il tempo in cui non se n'era occupato per stare nel mondo dei morti, e sentí la colpa che lo artigliava alla nuca.

Quando vide che al bambino si stava annebbiando lo sguardo, il poliziotto gli diede un bicchiere d'acqua, gli bagnò la fronte e lo fece sedere accanto alla madre. Gli spiegò che non era successo niente di irreparabile. Era soltanto il dolore del padre che aveva avuto una crisi. A ogni parola del poliziotto, la colpa gli confondeva di nuovo la vista. La madre intanto aveva rimesso la faccia dentro le mani, come si ripone dentro un cassetto una cosa che tanto non usa nessuno. Dalla sua bocca non uscivano suoni o lamenti. Il poliziotto disse al bambino di stare tranquillo perché avevano chiuso il padre e il suo dolore dentro una stanza. Con loro c'era un collega, che cercava di farli star calmi. Il bambino annuí con la testa, come se avesse capito. Il collega comparve in cucina poco dopo e disse che per lui la situazione era fuori pericolo. Con un piccolo aiuto il padre e il dolore si erano addormentati. Il bambino capí cosí che se ne stavano per andare. Per un attimo ebbe paura ma poi fu contento.

I poliziotti lasciarono sul tavolo della cucina un foglio con sopra riassunto quello che era successo e le loro firme. Il bambino sentí i vetri scricchiolare sotto le scarpe dei poliziotti mentre raggiungevano la porta. Quando la aprirono, entrarono le voci dei vicini. Il bambino vide le loro facce che guardavano dentro. Incontrò anche gli occhi della signora che aveva chiamato la polizia, ma non volle guardarla.

Quando i poliziotti se ne furono andati, il bambino rimase seduto al tavolo della cucina. Il dolore stava accucciato sopra le sue gambe. Dall'altra parte del tavolo c'era la madre, con la faccia dentro le mani. Per quanto cercasse un pensiero, il bambino non riusciva a trovarlo. Gliene sarebbe bastato uno qualsiasi. Un ricordo, una storia, il viso della bambina sottile, i gatti del cimitero. Si sarebbe accontentato anche di una paura: sarebbe stata comunque meglio di quel deserto di cose e persone. Era come se i due poliziotti, uscendo, avessero preso con loro i pensieri del bambino. Come se li avessero trascinati via in manette davanti agli occhi dei vicini di casa, per poi spingerli in macchina e portarli in prigione. Il bambino stava lí e guardava le mani di sua madre. Provò a dirle una parola ma non la trovò. Provò a cercare un gesto, ma non trovò neanche quello.

Poi la madre tirò fuori la testa dalle mani e fece quello che faceva ogni volta: cominciò a mettere in ordine. Prese la scopa e raccolse i vetri del lampadario. Prima li spinse su una paletta di plastica e poi li rovesciò tutti dentro un secchio marrone. Cosí fece per tutto il resto. Raccolse i cocci dei piatti caduti in terra, e li mise nel secchio. Raccolse le schegge dei bicchieri in un mucchio, e li mise nel secchio. Raccolse i pezzi della bottiglia dell'olio e li riuní al resto, nel secchio. Dopo si chinò con uno straccio bagnato e cercò di pulire il pavimento, che però a ogni passata era sempre piú unto. Il bambino guardava la madre e accarezzava meccanicamente il dolore. Poi si alzò dalla sedia, sollevò lo scheletro del lampadario, lo portò sul balcone, e lo appoggiò in terra. Fecero tutto senza mai dirsi niente, mentre fuori, sul pianerottolo, le voci dei vicini se n'erano andate. Quando vide che sul pavimento non c'erano piú vetri, il bambino fece un segno al dolore e lui saltò giú dalla sedia. Continuarono a pulire tutto per tentare di far tornare la casa com'era prima, e a vederli da fuori si sarebbe provata una specie di tenerezza.

Cercarono infine di alzare l'anta dell'armadio che il dolore del padre aveva strappato dai cardini. Ma era troppo pesante e dovettero fare piú tentativi. Il dolore partecipava a quelle manovre agitando la coda. La fermava solo quando li vedeva affaticati dall'ennesimo inutile sforzo. Alla fine rinunciarono. L'appoggiarono contro l'armadio. Cosí messa, non era chiusa ma sembrava lo fosse. Poi si guardarono intorno e la casa era un posto ferito. Il pavimento era pieno di cicatrici. La madre spostò il tappeto in modo che le coprisse. Da quando il poliziotto era uscito, la porta della stanza del padre non si era piú aperta.

La madre andò a sedersi in cucina. Il bambino si sedette accanto a lei. Dovette fare uno sforzo, ma poi le prese la mano, e sentí che era fredda. Fu la prima volta che il bambino vide qualcosa negli occhi di sua madre, o forse fu la prima volta che lei lasciò che guardasse. Dentro gli occhi vide sua madre bambina seduta sopra una sedia. La guardò come affacciato alla finestra. Sua madre bambina era sola dentro una stanza vuota, dentro una casa, un cubo sospeso nel buio. Accanto alla madre bambina non c'era niente. C'erano solo sedie su cui nessuno stava seduto. Il bambino avrebbe voluto farsi vedere, ma la madre bambina non sentí il suo richiamo né guardò verso di lui. Provò a scendere dalla sedia ma si spaventò. Poi finalmente alzò lo sguardo e vide il bambino. Provò a chiamarlo ma la voce rimase dentro la bocca. Si alzò in piedi sulla sedia, perse l'equilibrio e fu sul punto di cadere. Fu in quel momento che la paura fece irruzione nei suoi occhi e li spense. Seduta in cucina, la madre abbassò le palpebre nascondendo la bambina che aveva negli occhi, e allungò la mano verso il viso del figlio.

Poi il bambino prese il secchio marrone, aprí la porta di casa e scese le scale con il dolore che gli scodinzolava dietro. Per le scale non incontrò nessuno, ma dietro le porte, a ogni piano, sentí delle persone parlare. Infine fu fuori. Si incamminò lungo il vialetto, zoppicando un po', perché il secchio era pesante. Arrivato ai bidoni dell'immondizia, provò ad alzarlo e a svuotarlo ma non ci riuscí. Lo lasciò lí accanto con dentro tutti i pezzi rotti della sua casa. E però c'era un vento fresco che puliva il cielo. Si sedette sul marciapiede e accanto a lui si sedette il dolore. Guardarono le stelle e cominciarono a contarle, e quando furono tante il dolore si era addormentato.

C'erano dei momenti in cui al bambino andava via la luce dentro la testa. Succedeva di colpo, e di colpo tutto era buio. I pensieri che aveva, che fino a un istante prima avrebbe potuto prendere in mano, finivano nel sacco del buio. Dentro la testa non restava piú niente. Non i pensieri, non le parole, e nemmeno i ricordi. In quei momenti il bambino raccoglieva le gambe al petto, le abbracciava e appoggiava la fronte sulle ginocchia. Si faceva conchiglia in fondo all'abisso. E dal fondo dell'abisso, nell'oscurità piú assoluta, sperava che qualcuno lo venisse a salvare. Ma sapeva anche di essere l'unico che poteva nuotare fino a laggiú.

Il bambino scendeva in fondo agli abissi nello stesso modo in cui suo padre scendeva in cantina quando in casa saltava la luce. Ogni volta gridava che c'erano troppe cose che funzionavano insieme. La lavatrice, il forno, l'asciugacapelli. Se troppe cose funzionavano insieme, poi di colpo non ne funzionava nessuna. Il padre accendeva una torcia, e subito la casa si riempiva di ombre. I mobili si allungavano fino al soffitto. La bottiglia sul tavolo diventava un lampione sulla parete e il bambino vedeva l'ombra di sua madre allargarsi sui muri. Poi il padre usciva, e insieme alla luce della torcia si portava via tutte le ombre dalla casa. Loro restavano al buio, senza parlare. Dentro il respiro di sua madre, al bambino sembrava ci fosse qualcosa che c'era già stato ma che non ricordava. Sperava che quel respiro soffiasse abbastanza a lungo da gonfiare il ricordo e restituirglielo. Ma le luci si riaccendevano sempre troppo presto, e il ricordo moriva senza essere nato davvero. Poi il padre rientrava in casa, e il bambino andava a chiudersi nella sua stanza.

Quando il buio scoppiava dentro la testa del bambino, lui sapeva che il fondo del mare stava ancora piú in basso della cantina in cui scendeva suo padre. Il bambino si faceva conchiglia e dopo si immergeva per andarsi a salvare. Laggiú non c'erano contatori che battevano il tempo del palazzo. Laggiú non c'era niente. Quando il bambino si tuffava per raggiungere quel luogo, nessuno se ne accorgeva. Da fuori si vedeva soltanto un bambino che stringeva le gambe al petto. Nessuno poteva vedere il suo corpo sparire nell'acqua, perché l'acqua era dentro di lui. Nessuno poteva vedere il mare aprire la bocca e inghiottire il bambino.

Allo stesso modo, quel giorno nessuno sentiva la paura che aveva il bambino. Sarebbe bastato sedersi accanto a lui, su quel marciapiede davanti alla casa, con accanto il secchio in cui erano contenuti i pezzi rotti della sua famiglia. Sarebbe bastato avvicinare l'orecchio al bambino come si fa con una conchiglia. Chi l'avesse fatto, avrebbe sentito tutto il vento che infuriava dentro quella conchiglia finita sul fondo del mare. Quella notte il bambino si tuffò da un punto piú alto. Ci volle piú coraggio, o forse soltanto piú paura. Trattenne il respiro, chiuse gli occhi, e saltò. Bucò la superficie e poi scivolò fino in fondo all'abisso, là dove metro dopo metro tutto si faceva piú oscuro. Tenne gli occhi aperti e l'ossigeno chiuso dentro i polmoni. Vide il fondale venirgli incontro, poi non lo vide piú perché laggiú non arrivava la luce del mondo. Infine lo toccò, e capí che era lí che finiva l'abisso.

Il resto fu naturale. Prese la conchiglia tra le dita, la strinse nel pugno, e si diede una spinta con le gambe. Tornò verso la superficie, lasciandosi trasportare. Il ritorno non lo ricorda, ma fu veloce. L'acqua l'accompagnò, la luce lo guidò. Sfondò il mare con un respiro che si spalancò, e gli sembrò di respirare tutto il cielo. C'erano le stelle, c'era il suo dolore sdraiato lí accanto, sul marciapiede. Di fronte, oltre il vialetto, c'era la casa, era ancora notte sopra il paese, e tutto fu come era sempre stato, e tutto fu di nuovo per la prima volta.

Suonò alla casa della bambina poco prima dell'alba. Il buio si stava rompendo, e tra le crepe s'intravedevano dei pezzi di giorno. Il bambino avvicinò le orecchie ai buchi del citofono ma nessuno parlò. Suonò di nuovo e non serví. Si allontanò dal portone. Il dolore rimase qualche passo indietro, forse sperando che la bambina rispondesse, poi raggiunse il padrone. Attraversarono i prati e poi i binari saltando in mezzo alle traversine, e furono alla stazione. Se lei lo vide partire oppure no, non è cosa che si possa sapere. Ma in una delle finestre della sua casa c'era una luce. Il bambino la vide salendo sul treno. Prese posto vicino al finestrino, dove si era seduto con lei. E quando il treno con un sobbalzo cominciò la sua corsa, la luce nella finestra si spense.

Il palazzo restò fermo mentre la coda del treno scompariva dietro la curva. Anche il paese restò al di là della curva, con la sua strada, la piazza, la chiesa, il bar, e la montagna che incombeva su tutto. Restarono lí le panchine, le pozzanghere, le macchine parcheggiate, l'asilo, i disegni incollati ai vetri, i negozi, le case, i televisori accesi nelle cucine, i letti dentro le stanze, le tavole apparecchiate, i bambini e le bambine della panchina, i padri e le madri, le finestre che guardavano fuori, le serrande che chiudevano tutto. Il treno che portava via il bambino e il suo dolore scomparve dietro la curva, e tutto rimase lí come era sempre stato. Era l'alba, e dopo poche ore il giorno sarebbe cominciato.

Tra le cose che restarono lí, seduto sul marciapiede davanti alla casa c'era anche un bambino identico al bambino che era salito sul treno. Era identico a lui in tutto e per tutto. Aveva gli stessi vestiti, gli stessi capelli, gli stessi incisivi storti in mezzo alle labbra. Aveva le stesse spalle incurvate in avanti, le stesse piccole mani. Avevano uguale anche l'espressione degli occhi, le palpebre li chiudevano nello stesso momento. Se questa fosse una favola, non ci sarebbe nulla da dire perché sarebbe normale. Ma è normale anche in una storia per grandi. Chiunque va via, infatti, lascia sempre a chi resta un altro identico a sé.

Sul marciapiede davanti alla casa, a pochi passi dal secchio marrone che conteneva le macerie della sua famiglia, poco prima di lasciare il paese, il bambino aveva abbracciato quell'altro bambino. Poi gli aveva indicato la casa. L'altro bambino si era lasciato prendere dentro l'abbraccio e aveva annuito, perché sapeva quello che sapeva il bambino e tutto quello che avrebbe dovuto fare da quel momento in avanti. Si era incamminato lungo il vialetto. Il bambino l'aveva visto infilare la chiave dentro la toppa del portone senza voltarsi, e dopo il portone si era chiuso.

L'altro bambino era entrato in casa e aveva trovato la casa pulita, senza piú traccia di ciò che era successo la sera prima. L'anta dell'armadio era tornata al suo posto e il lampadario era di nuovo agganciato al soffitto. C'era un odore forte di detersivo. La madre e il padre si erano già alzati, ed erano in cucina che facevano colazione. La madre aveva un piccolo cerotto sulla fronte, e suo padre dall'altra parte del tavolo non parlava e beveva il caffè. L'altro bambino era entrato in cucina e si era seduto con loro. La madre l'aveva salutato e si era alzata per scaldargli del latte. Poi glielo aveva versato dentro la tazza. L'altro bambino aveva preso dei biscotti al cioccolato, li aveva fatti galleggiare nel bianco, il bianco si era sporcato, e il treno era scomparso con un fischio lunghissimo e forte.

Quando si avvicinò al confine, il treno iniziò a rallentare. Il bambino e il dolore erano due facce incredule al finestrino. Gli alberi, che andavano incontro al treno, a poco a poco si fermarono. Quindi il treno cigolò sui binari e il marciapiede si fermò accanto a loro. Emozionato, il bambino lesse a voce alta CONFINE DI STATO. Tirò giú il finestrino perché voleva sentire che rumore facevano i posti quando finivano, e che rumore avrebbero fatto i posti nuovi in cui sarebbero andati. Tutto era uguale ma sembrava piú grande: la montagna era la stessa, stessi gli alberi e stessi gli uccelli.

Salirono due signore, e si sistemarono accanto al bambino. Una di loro diede una carezza al dolore. Poi aprí la borsa, tirò fuori una scatola di biscotti e glieli offrí. Oltre il finestrino, intanto, un uomo e una donna si abbracciarono a lungo. Lui salí sul treno mentre lei restò sul binario. L'uomo passò con una valigia a rotelle nel corridoio del treno. Sfilò accanto al bambino agitando la mano verso la donna. Si fermò poco oltre e rimase in piedi a guardarla. Quando il treno finalmente diede un sobbalzo e si mosse, la donna si voltò e s'incamminò verso l'uscita della stazione. Il bambino guardò l'uomo e vide che si toglieva gli occhiali e si copriva la faccia con una mano. Gli sembrò che piangesse. Mentre si lasciava il confine alle spalle, pensò che avrebbe voluto alzarsi e andare a consolare quell'uomo. Poi non lo fece. L'uomo si mise seduto, poco oltre il bambino. Dal punto in cui era seduto, poteva vedergli la spalla.

Quel pianto e quella spalla aprirono la porta a un ricordo di molti anni prima. Al posto del signore c'era suo padre. Era estate, e suo padre ogni pomeriggio si sedeva in balcone. Un giorno il bambino, tornando da scuola, l'aveva visto piangere. Si era fermato dietro di lui, e per un po' non era riuscito a dire né a fare niente. Seduto su quel treno che lo portava al confine, il bambino si ricordò tutto questo come una cosa finita in un pozzo. Quel pomeriggio d'estate, sul balcone, il bambino si era avvicinato al padre, gli aveva appoggiato una mano sopra la spalla. Si era stupito che la sua pelle fosse morbida e liscia. E quando il padre aveva sentito la mano del figlio, si era tolto gli occhiali e aveva ricominciato a piangere. Dietro il padre aveva pianto anche il figlio, perché il pianto del padre, per un bambino, è il punto in cui il mondo si spezza.

Dentro il treno che lo portava via dal paese, il bambino tirò fuori quel ricordo e pensò che era stato brutto doverlo dimenticare per forza. Poi la galleria inghiottí anche le case. E prima che fosse troppo tardi il bambino ributtò il ricordo nel pozzo, perché sopravvivesse almeno lí dentro.

Il giorno dopo, la bambina aprí gli occhi e capí che il bambino se n'era andato per sempre. Come ogni mattina, lanciò un pensiero oltre la ferrovia, che era il modo in cui rimetteva i piedi nel mondo. Ancora prima di aprire gli occhi sopra le cose, la bambina spediva quel pensiero in missione, e col tempo il pensiero aveva imparato la strada e raggiungeva il bambino nella sua stanza. Dopo un po' la bambina lo sentiva rientrare, ed era chiaro che quel pensiero tornato l'aveva pensato anche il bambino. La bambina alzava le palpebre, si tirava a sedere sul letto e poi appoggiava i piedi per terra. E anche se di quel pensiero nella sua testa non restava piú traccia, era lui che faceva scattare la serratura degli occhi.

Ma quella mattina, il pensiero non tornò. La bambina ne lanciò un secondo, che andasse in soccorso del primo. E cosí fece con un terzo e poi un quarto. Ma nessuno di loro tornò indietro. Fu allora che la bambina sentí una grande malinconia riempire la stanza. Scese dal letto, a piedi nudi andò verso la finestra e l'aprí. Se non avesse fatto uscire un po' di quella malinconia, la stanza sarebbe scoppiata. Poi tornò a letto, e capí ancora una volta quanto fa male un pensiero che cade per terra senza che nessuno si chini a raccoglierlo.

La bambina sottile prese il proprio dolore spelacchiato e insieme andarono oltre la ferrovia. Passarono davanti al bar, passarono davanti all'asilo, arrivarono in piazza. Lí si avvicinò ai bambini della panchina. Ma prima ancora che aprisse bocca, loro cominciarono a prendere in giro il dolore spelacchiato che le camminava di fianco. Era la prima volta che lo vedevano. Dissero che era sporco e ridicolo. La bambina lo prese in braccio per paura che gli facessero male, e loro risero ancora di piú. Allora disse ai bambini che era meglio essere sporchi e ridicoli che essere puliti ma essere come loro.

Cosí rinunciò a chiedere del bambino, si diresse verso i boschi e lasciò che fosse il suo dolore spelacchiato a cercare. Lui aveva capito tutto quello che c'era da capire, e non ne volle sapere di mettersi a correre per trovare chi tanto non c'era. Gli uccelli si staccarono dai rami, fecero qualche giro oltre le cime degli alberi e dopo tornarono giú a guardare dall'alto la solitudine della bambina sottile. Lei si sedette su un masso. Accanto a lei si sdraiò il dolore, e sui rami gli uccelli rimasero fermi.

La bambina suonò al citofono del bambino sperando che rispondesse qualcuno. Dai buchi non uscí nessuna voce ma due piani piú in alto si aprí una finestra. La bambina e il suo dolore spelacchiato indietreggiarono per farsi vedere. Guardarono in su, e sul balconcino videro affacciarsi la madre. Alzando appena la voce, la bambina chiese se il bambino era in casa. Però intanto vide gli occhi della madre, vide che in quegli occhi non c'era nessuno, e si spaventò. Subito dopo arrivò il dolore del padre, che ringhiò e mostrò quei denti che una volta avevano fatto del male alla bambina. E lei capí. La madre la guardò, parlò nel vento, e poi richiuse le finestre.

Prima di andarsene, la bambina ritornò verso il citofono e fu sul punto di suonare di nuovo. Avrebbe voluto chiedere se potevano ridarle indietro i pensieri che aveva mandato al mattino, perché non era a loro che erano destinati. Ma fu proprio in quel momento che li sentí tornare e si trattenne. Sentí che arrivavano da oltre il confine, e fu triste e fu contenta.

Quelle che arrivarono alla bambina indecisa se suonare al citofono erano le parole che il bambino non le aveva mai detto. Erano tutte le lettere che le aveva scritto soltanto dentro la testa, e che dalla testa non erano mai riuscite a partire.

Per anni, quelle parole erano rimaste in un posto in cui non c'era né aria né luce. Di tanto in tanto si spalancava la porta e insieme alla luce entravano altre parole che il bambino aveva scritto senza spedirle. Ogni volta poi la porta si richiudeva con uno schianto, e si agitavano inquiete nel buio. Studiavano una via per uscire e dire quello che portavano addosso. Immaginavano tunnel scavati nei muri, pertugi in cui infilarsi per poi calarsi fuori, raggiungere la bambina sottile e farsi sentire. Dopo un po' la porta si apriva di nuovo e un'altra lettera si sbriciolava in parole umiliate e buttate in un angolo. E poi era di nuovo il tonfo e poi di nuovo il buio. Ma il tempo passava, la via di fuga non si trovava, e le parole rinchiuse avevano cominciato prima a tacere e dopo a morire. Perché anche una parola, se non ha nessuno a cui dire una cosa, smette di vivere. Era stato cosí che, senza accorgersene, il bambino si era riempito la pancia di parole morte, andando in giro per anni con dentro un cimitero di cose mai fatte e di frasi mai dette.

Ma allo stesso modo in cui muoiono, a volte le cose ritornano a vivere. Cosí anche quelle parole, che sembravano morte, ripresero vita. Bastò che il bambino e il suo dolore passassero il confine e la porta si aprí, lasciando entrare ossigeno e luce. Le parole moribonde sentirono l'aria arrivare, chiamarono le altre, e fu cosí che anche le morte si alzarono in piedi, e che tutte insieme cominciarono a muoversi. Le piú giovani aiutarono le vecchie, le piú coraggiose uscirono per prime e fecero segno alle altre di seguirle. Infine furono fuori, ed erano in tante a guardarsi intorno, estenuate ma vive.

È in questo modo che tutte le lettere arrivarono alla bambina di colpo mentre stava per suonare un'altra volta al citofono. Arrivò un vento di parole disordinate. Parlavano tutte insieme in una tormenta di suoni. Soffiarono tutte sulla faccia della bambina senza formare frasi di senso compiuto, ma un mulinello di immagini e cose. Quando le sentí arrivare, la bambina ritirò la mano dal citofono. E con quel disordine dentro la testa si allontanò ridendo, perché non capiva nulla di quel che le parole dicevano.

Cosí come non capirono nulla le signore sul treno, quando il bambino pronunciò quelle stesse parole tutte insieme. Gli avevano chiesto dove stesse andando, e lui parlò per un'ora, e per un'ora lo ascoltarono, e alla fine il sonno si prese il bambino e il suo dolore, e le donne vegliarono su di loro.

Qualcuno a questo punto forse si stupirà di sapere che quel bambino sul treno non era un bambino, ma un uomo alto un metro e novanta. E che aveva piedi lunghi e barba sulle guance. Qualcuno si sorprenderà, forse, nell'apprendere che quelli che in questa storia sembravano giorni, in realtà furono anni. Tutto ciò si deve a una di quelle brutte infezioni che talvolta ammalano il tempo. In questi casi, nulla possono i medici piú bravi del mondo. Anche se il cuore batte, la sua è solo vita apparente.

Dentro questo tempo ammalato, il paese era rimasto quello che era, anche se all'apparenza qualcosa era successo. Avevano asfaltato due strade nei boschi, messo un semaforo vicino all'asilo e verniciato tutte le panchine. La vecchia scuola era stata trasformata in un condominio e se ne era costruita una piú moderna e piú grande per gli stessi bambini di prima. Per un po' se ne era parlato, poi si era smesso di farlo. Intanto i bambini avevano lasciato le biciclette per le moto e le moto per le auto. Su quelle auto avevano caricato prima delle ragazze, poi delle donne, e poi erano comparsi dei seggiolini sui sedili di dietro. Le facce però erano rimaste le stesse, i figli che somigliavano ai padri e ai padri dei padri, e tutti con lo stesso sguardo che finiva dove finiva il paese. Ogni domenica la chiesa si era riempita e svuotata di persone e dolori. Era morto il prete e ne era arrivato un altro, che ogni domenica aveva detto le stesse parole. C'erano stati funerali pieni di gente e altri in cui non era andato nessuno. Nel cimitero si erano aggiunti nuovi nomi e nuove date. Alcuni nomi erano arrivati da oltre la ferrovia, altri erano nomi qualsiasi, altri ancora non li conosceva nessuno e sconosciuti sarebbero rimasti per sempre. Dentro quel tempo ammalato, il bambino era stato un bambino, poi era stato un ragazzo, cigolando dentro un silenzio assoluto. Aveva pregato ogni notte perché portasse un giorno diverso, ma il giorno che arrivava era sempre lo stesso, solo piú stanco di quello che l'aveva preceduto.

Nel frattempo quell'uomo alto un metro e novanta seduto sul treno si era lasciato alle spalle la casa, il paese e il confine. Fuori, gli alberi gli correvano incontro. Gli correvano incontro gli animali nei prati, e le strade e le auto e le case e i paesi accanto ai quali il treno passava. Gli correvano incontro gli uomini e le donne in bicicletta, gli occhi dei bambini nei passeggini, le mamme che indicavano il treno. Gli correvano incontro le nuvole, la pioggia, le montagne, gli alberi e gli uccelli che dai rami volavano via battendo le ali. L'uomo intanto dormiva. Forse sognò la strada, le nuvole e gli alberi, forse nemmeno sognò. In braccio aveva il suo dolore, che come tutti i dolori era piú o meno sempre lo stesso, anche se il tempo era passato. Il pelo era forse un po' meno morbido, ma il colore non era cambiato. Dormivano come facevano sempre: con il respiro che andava all'unisono, le casse toraciche che si gonfiavano e si svuotavano d'aria nello stesso momento. Era l'unico modo che conoscevano per prendere insieme la discesa del sonno.

Prima di addormentarsi, l'uomo aveva chiesto alle due signore che lo svegliassero all'arrivo in città. E cosí fecero. Una accarezzò il dolore sul muso, l'altra passò una mano in mezzo ai capelli dell'uomo. Quando aprí gli occhi, gli indicarono i palazzi oltre il vetro. L'uomo si tirò su e contò i piani e le finestre, ma erano troppi per non perdere il conto. Non passò molto che il treno iniziò a frenare.

Infine si fermò.

Nella città, fra tutti i sentimenti, all'inizio vinse la paura. L'uomo e il suo dolore trovarono una stanza e ci si chiusero dentro. C'era un letto per dormire e un tavolo per leggere e scrivere. Da quel tavolo l'uomo cominciò a immaginare la città prima di guardarla. Cercò le parole per descrivere quello che ancora non aveva visto. Finito un quaderno ne cominciò un altro e cosí via. Ogni volta che una parola gli sembrò importante, la lasciò sul ciglio di una riga e andò a capo. Aveva passato il tempo a immaginare la città prima di raggiungerla, quando era dentro la casa con la madre e con il padre. Ma quando poi la vide gli sembrò troppo grande per stare in una frase. Cosí ne scrisse tante e ogni frase fu una casa dove lui si rifugiò. Ogni poesia fu una città, ma non era quella che c'era oltre la finestra.

Fu cosí che l'uomo e il suo dolore rimasero pomeriggi interi sul letto, lui con le gambe incrociate e in mezzo, accucciato, il dolore. L'uomo avrebbe voluto uscire ma non era in grado di muoversi. Stavano immobili come su una scialuppa di salvataggio. Tutto intorno c'era solo un mare in tempesta. Al di là della finestra c'era un orizzonte di tetti e balconi. Lui li guardava e sapeva che là sotto c'erano altri uomini e altre donne affacciate. Provò a descrivere anche loro senza averli mai incontrati. E tutti assomigliarono a lui.

Per settimane la città restò dunque sotto la sua finestra divisa per strade e per piazze. La sentiva muoversi di giorno e di notte. Certe volte aveva paura persino di sporgersi a guardare. La città era un animale appostato fuori dalla finestra. Sentiva la sua smania, i suoi rumori. Se c'era vento era il suo fiato, se pioveva erano gli spruzzi della sua furia che si accaniva contro la casa. L'uomo e il suo dolore stavano raccolti e nascosti, come temendo che quell'animale potesse vederli. Fu in quel momento che l'uomo provò nostalgia per ciò che aveva lasciato. Provò nostalgia per i boschi, gli uccelli e le corse del suo dolore. Provò nostalgia per la bambina sottile, per il suo dolore spelacchiato e per le camminate che facevano insieme. Provò nostalgia per il passaggio a livello, per i camion che andavano verso il confine, per il cartello che indicava la distanza dal mare. Provò nostalgia per i binari e la campanella che annunciava l'arrivo del treno. Provò nostalgia per il cimitero, per i gatti che ci abitavano, per la donna che gli offriva riparo. Provò nostalgia per l'asilo, per i disegni che faceva da bambino e per la mano che la maestra gli aveva appoggiato sopra la testa. Provò nostalgia per i bambini della panchina e le loro urla sguaiate. E provò nostalgia per la sua stanza. Alla fine provò nostalgia persino per sua madre e suo padre. E per il dolore del padre, per il quale sentí una specie di tenerezza sconfinata. Poi si ricordò che della nostalgia lui aveva la chiave, e per un attimo quel pensiero fu un sollievo. Provò a entrare nella nostalgia, come aveva fatto tante volte, si accorse che la chiave ormai non funzionava piú. Riprovò, ma a nulla serví forzare la mano. Al terzo tentativo la chiave si ruppe.

Poi ci fu un gran rumore, come di un'esplosione. Il vetro della finestra andò in frantumi e l'uomo e il suo dolore fecero un salto sul letto. Oltre il vetro rotto c'era un uccello, che li fissò con gli occhi di chi non ha capito cosa è successo. Il suo sguardo era ancora frastornato dall'urto. Aveva visto il cielo nella finestra e ci si era lanciato dentro come solo un uccello sa fare. Aveva dovuto rompere il cielo in pezzetti di vetro per accorgersi che era uno specchio. Per un attimo si guardarono, l'uccello, l'uomo e il dolore. Poi l'uccello volò via, perché il suo istinto era quello.

L'uomo poggiò i piedi sul pavimento, si alzò, e fece dei passi come se fossero i primi.

Per prima cosa l'uomo svuotò finalmente lo zaino. Fino a quel momento era stato soltanto un ingombro sul pavimento: di giorno non lo guardava e di notte era un'ombra nera dentro la stanza. Dentro lo zaino l'uomo trovò tante cose piccole e diverse. Le rovesciò sul pavimento e le guardò senza sapere cosa farci. Quindi iniziò a contarle: ogni volta si confondeva e ricominciava. Sulle prime l'uomo cercò di trovare una forma a tutte quelle cose. Poi decise che non era importante e le distribuí dovunque, e tutto fu diverso da quello che si aspettava. Alla fine si appoggiò al muro e controllò il risultato dal fondo della stanza. Forse era brutto da vedere, ma ne fu contento.

A quel punto l'uomo e il suo dolore chiusero la porta, scesero le scale a passi svelti, e misero la testa fuori dal portone. Prima uscirono i piedi dell'uomo poi le zampe del dolore, e quando sentirono il tonfo dietro di loro, era cominciata la città.

Per arrivare al cielo gli occhi dovettero scavalcare i palazzi, ma quando poi lo raggiunsero riconobbero con sollievo che era sempre lo stesso luogo grande e colorato. L'uomo e il suo dolore intinsero lo sguardo. Poi tornarono in strada e lasciarono le loro impronte sull'asfalto. Si voltavano indietro ogni pochi metri per paura di smarrirsi, ma videro con sollievo che restava traccia di tutti i loro passi. Avevano cosí una via di fuga prima ancora di avere un labirinto. Ma a un certo punto dimenticarono di guardarsi sempre alle spalle. È cosí che finalmente si smarrirono e cominciarono a guardare.

Era ancora presto: i primi negozi aprirono con un fragore di serrande e li videro passare. Qualcuno li salutò spazzando i marciapiedi. Loro risposero al saluto con un gesto, e ogni saluto fu un gettone infilato dentro la giostra dell'umore.

Il giorno poi aprí definitivamente le saracinesche e ne uscirono le auto. A centinaia riempirono le strade. L'uomo e il suo dolore le videro accodarsi tutte dietro il rosso del semaforo, e al verde ripartire. Dentro le auto ferme in fila indiana videro centinaia di dolori. Si affacciavano dai finestrini abbassati e sporgevano il muso per prendere un po' d'aria. Ne videro di tanti tipi diversi, tanti quanti mai ne avevano visti prima. E quelli perlopiú li ignorarono, altri alzarono le orecchie alla vista del dolore che li guardava dal marciapiede. Qualcuno mostrò i denti per pavoneggiarsi, qualcuno per farli spaventare. Poi si accese il verde sul semaforo e l'uomo e il suo dolore li videro partire, e ne videro altri sfilare a grande velocità.

E ogni volta tutto ricominciò da capo: il rosso chiuse la diga, la strada si riempí di auto e di dolori al finestrino, e dopo la diga si riaprí. L'uomo vide mulinare la coda del dolore come mai l'aveva visto fare. Non c'era bosco, non c'era uccello sopra i rami che l'avesse fatto mai cosí contento.

Restarono al semaforo per tanti verdi e tanti rossi, e dopo attraversarono. Si persero una volta, si persero la seconda e alla terza si ritrovarono davanti al loro portone. Salirono le scale di corsa, e arrivato in camera l'uomo prese un quaderno, prese una penna e scrisse tutto alla bambina. Mise la lettera in una busta, copiò il suo indirizzo e ci leccò sopra un francobollo. Nel mittente scrisse dove abitava, il numero civico, e la città. Poi scese in strada e infilò la lettera dentro una cassetta rossa sotto il cielo blu. Il cielo fece una smorfia, e piú probabilmente pensò ad altro.

L'uomo scriveva le sue lettere la sera. Aspettava che dalla strada il buio salisse metro dopo metro lungo i muri dei palazzi. Quando il buio si era preso la finestra, e subito dopo i tetti delle case, cominciava. Finiva quando il buio aveva preso il cielo, e la notte si era aperta sopra la città. Fu cosí che ogni sera strappò un foglio dal quaderno, e aprí un buco dentro il bianco scrivendo «Cara» alla bambina. Dentro quel buco ogni sera ci rovesciò la città sbriciolata in lettere e parole, e ogni mattina scese le scale correndo insieme al suo dolore e la imbucò. E ogni giorno, al di là del confine, la bambina scese le scale con in braccio il dolore spelacchiato e dopo tornò su e si chiuse in camera con la lettera di lui. Ogni giorno aprí la busta, rovesciò quelle parole sbriciolate e con quelle briciole iniziò a costruirci una città. Si affacciò alla finestra ogni volta che sentí un treno sui binari. Ma se arrivava dal confine lui non c'era mai, e se andava verso il confine non c'era mai lei. A ogni treno che ripartí, la bambina tornò a sedersi e fece un buco dentro il foglio scrivendo sopra «Caro». Un giorno lo scrisse talmente forte che ruppe la punta alla matita. Poi fece un sospiro cosí grande che il paese si gonfiò e sembrò sul punto di scoppiare, ma purtroppo non scoppiò.

Lui le scrisse che il suo dolore aveva trovato degli amici. Le scrisse che anche i padroni di quei dolori erano simpatici, che spesso lo invitavano la sera e che lui e il suo dolore spesso accettavano l'invito e si profumavano per non fare brutta figura. Non le scrisse che si profumavano troppo, e che per questo si sentivano a disagio ed erano contenti quando tornavano a casa da soli dopo cena. Le scrisse che mentre i dolori giocavano tra loro sul tappeto, i padroni guardavano molti film e bevevano il vino toccando i bicchieri coi bicchieri. Non le scrisse che i film parlavano soltanto di padroni di dolori. Non le scrisse che mentre li guardavano, ogni padrone diceva che il dolore del film era proprio uguale al suo. Non le scrisse che si sentiva solo. Non le scrisse che in una di quelle sere, dopo il film, una donna l'aveva preso per mano e l'aveva portato in una delle stanze. Non le scrisse che nella stanza l'aveva spogliato e toccato e lui era entrato dentro di lei e poi era uscito, aveva preso il dolore ed erano tornati a casa senza dirsi una parola. Non le scrisse che aveva pensato a lei, in quel momento, ed era stato infelice che quell'altra donna non fosse lei. Non le scrisse che era stato felice, in quel momento, anche se non era lei. Le scrisse che la domenica con gli altri padroni di dolori andavano in piscina e dopo, con i capelli ancora bagnati, al cinema all'aperto. Le scrisse che fuori dalla piscina una volta avevano litigato con un gruppo di altri padroni di dolori, e che uno dei dolori l'aveva morso a una gamba e l'avevano portato in ospedale. Le scrisse che in quel gruppo avevano tutti dei dolori uguali a quello di suo padre e che questo l'aveva spaventato. Non le scrisse che dopo non era piú uscito dalla sua stanza per tre settimane. Non le scrisse che per questo aveva pensato di tornare oltre il confine, perché forse era meglio un unico dolore spaventoso che un gruppo intero sconosciuto da fronteggiare per la strada. Le scrisse che il suo dolore ogni tanto usciva da solo e che lui era contento. Non le scrisse che le prime volte, quando il dolore usciva, lui non riusciva a respirare. Non le scrisse che una volta l'aveva seguito e però dopo un po' era tornato indietro perché si vergognava. Le scrisse che la stanza, con tutte quelle cose appese, era bella. Le scrisse che avrebbe voluto che lei la vedesse. Alla fine di ogni lettera, prima della firma, le scrisse che l'amava immensamente, e dentro la busta mise una poesia.

Lei gli scrisse che le lettere che lui le mandava erano come l'acqua per i fiori, e che infatti i fiori che avevano in balcone diventavano piú alti e rossi quando c'era una busta nella buca. E che era acqua per i fiori anche ogni parola delle sue poesie. Gli scrisse che sua madre aveva preso un'auto nuova, e che era stata lei a scegliere il colore. Non gli scrisse che sua madre si era ammalata, e che con quell'auto lei l'accompagnava in ospedale tutti i lunedí e i mercoledí. Non glielo scrisse perché pensava che senza scriverlo sua madre sarebbe guarita piú velocemente. Gli scrisse che si era comprata uno zainetto rosso uguale al suo, che dentro anche lei ci metteva biscotti e andava a passeggiare con il suo dolore spelacchiato. Non gli scrisse che si sentiva sola. Non gli scrisse che una sera che si sentiva sola aveva portato un uomo in casa, si era spogliata e aveva lasciato che lui entrasse, uscisse e se ne andasse. Non gli scrisse che non aveva pensato a niente e a nessuno mentre succedeva. Gli scrisse che spesso andava nei boschi perché il suo dolore era contento di saltare quando vedeva gli uccelli staccarsi in volo sopra i rami, e se lui era contento era contenta anche lei. Gli scrisse che avevano sistemato la strada davanti alla sua casa. Gli scrisse che su quella strada erano morte altre tre persone. Gli scrisse che in piazza tutti parlavano di lui, adesso che se n'era andato. Non gli scrisse che non era vero. Gli scrisse che le mancava tanto suo padre. Gli scrisse che aveva trovato il biglietto dove aveva scritto che la vita è una merda e che aveva pianto senza freni per due giorni e due notti senza mai dormire. Non gli scrisse che cominciava a crederci anche lei, e che due giorni e due notti di pianto non avevano né sciolto né portato via le parole di suo padre. Non glielo scrisse perché se lo scriveva avrebbe pensato che era vero. Gli scrisse che in piazza avevano cambiato le panchine e ora erano piú belle. Gli scrisse che i treni che passavano davanti a casa le mettevano allegria. Gli scrisse che aveva imparato a memoria gli orari. Non gli scrisse che a volte lo odiava, per averne preso uno senza dire niente. Alla fine di ogni lettera, prima della firma, gli scrisse che l'amava immensamente e che pensava a lui ogni volta che qualcuno cantava alle finestre.

Ogni notte l'uomo e il suo dolore si incontravano nel sonno con l'altro bambino che partendo avevano lasciato ai genitori. E ogni notte lui li portava a vedere cosa ne era della madre e del padre. Prima di chiudere gli occhi, l'uomo pregava di essere graziato. E tentava di costruire un argine a quel fiume che ogni notte li prendeva. Ma appena abbassava le palpebre sentiva soffiare il vento che annunciava l'arrivo della piena. Cosí rassegnati, l'uomo e il suo dolore tutte le sere aspettavano il sonno, in piedi sopra gli argini. Dopo si lasciavano andare in mezzo al flusso, cercando di aggrapparsi alla piú leggera delle cose che scendevano. L'altro bambino li aspettava con il dolore del padre sulla terraferma, là dove il fiume prima si faceva corso d'acqua, poi rigagnolo e infine s'insinuava dentro i boschi che circondavano il paese.

Cosí, notte dopo notte, l'uomo e il suo dolore presero la strada che dai boschi portava fino a casa. Qualche volta costeggiarono l'asilo e attraversarono la piazza, ma era buio e non incrociarono nessuno. Camminavano sempre in fila indiana: il dolore del padre in testa, seguito dall'altro bambino, e dopo di loro l'uomo e il suo dolore. In questo modo facevano la strada, due secondini e due imputati, e sempre la stessa distanza da coprire. Camminando, l'uomo ogni volta fissava le spalle dell'altro bambino, le vedeva piegate in avanti in una gobba, e provò vergogna e guardò altrove. L'altro bambino non gli chiese mai come fosse la vita nuova che faceva oltre il confine. Lui non glielo disse, ma usava parole che l'altro non conosceva. Ogni notte aprirono il portone, entrarono in casa e l'altro bambino lo accompagnò in cucina e lo invitò a sedersi a tavola a mangiare con sua madre e con suo padre. E ogni notte si ritirò portandosi dietro il dolore del padre, e lo lasciò a mangiare le cose senza sapore che l'uomo ricordava. Ogni notte la madre e il padre non dissero niente e l'uomo parlò da solo della vita oltre il confine. Disse degli altri padroni di dolori, e del cinema e della piscina, ma ogni parola che diceva cadeva in terra, e quando tutte si furono rotte ogni volta la madre sparecchiò. Alla fine del pasto, ogni notte la madre lavava i piatti, e al suono delle stoviglie nel lavello l'altro bambino si presentava e diceva che era ora. Accanto a lui c'era il dolore del padre. Ogni notte si alzarono da tavola, seguirono l'altro bambino e presero le scale in fila indiana.

Una notte, sulla via del ritorno, l'altro bambino portò l'uomo in un prato, poco distante dalla casa. L'attraversarono tutto e arrivarono a un albero pieno di ciliegie. Scossero i rami, le fecero cadere e le mangiarono. Poi gli indicò un punto, a pochi metri dal ciliegio e gli disse delle parole sottovoce. L'uomo e il suo dolore si incamminarono in quella direzione e quando arrivarono al punto che l'altro aveva indicato si fermarono. Videro una minuscola croce di pietra piantata in terra. L'uomo lesse quel che c'era scritto, anche se la scritta non si leggeva quasi piú. Però c'erano lettere a sufficienza per capire che lí sotto era seppellito il dolore morto di sua madre. L'uomo lesse le due date: la prima era molto lontana, l'ultima era prima che lui venisse al mondo. Ripensò alla madre bambina che aveva visto dentro gli occhi di sua madre, al telefono che non aveva mai sentito suonare, al sapore che non c'era dentro i suoi cibi, a tutti quelli che non erano venuti in ospedale quando era nato, agli occhi dentro cui non era rimasto piú niente. Cercò un fiore nel campo e ne trovò uno rosso. Ne cercò degli altri di colori diversi e li uní in un mazzo. Li appoggiò accanto a quella minuscola croce. Con una pietra incise nella terra il nome della madre. Ci passò dentro il dito, lettera dopo lettera. Dall'altra parte la madre alzò la cornetta e rimasero in silenzio per un tempo che fu lungo e fu brevissimo. Poi mise giú, e l'uomo e il suo dolore raggiunsero l'altro bambino. Lasciarono il campo, lasciarono il ciliegio e tornarono a camminare in fila indiana.

Dopo furono le stesse strade, e furono di nuovo i boschi. L'altro bambino li aiutò a rientrare dentro il sonno e se ne andò. Dopo fu mattino e fuori c'erano i tetti. L'uomo fece un gran sospiro, e la città si gonfiò tutta, ma poi per fortuna non scoppiò.

Le lettere che gli scriveva la bambina, giorno dopo giorno si fecero piú brevi. Lui continuò a tirarle fuori dalla busta, a distenderle sul tavolo e poi a impilarle sopra le altre. Ogni mattina continuò ad aprire la porta del paese usando la maniglia di quel «Caro» che lei lasciava in cima al foglio. Si chinava a guardare le parole disposte sulla carta, come se quella fosse la mappa aerea del mondo in cui stava la bambina. Lui la cercava spostando il dito tra i rilievi, i boschi, le radure, i fiumi, le linee grigie delle strade che tentavano di venir fuori da quel labirinto naturale. Lo aiutava anche il dolore, che quando la intercettava alzava un orecchio e guaiva di felicità.

Aprendo le lettere sul tavolo videro la bambina sottile passare la linea tratteggiata dei binari, e fare avanti e indietro in macchina lungo la statale per portare la mamma in ospedale. La videro sparire dentro i boschi con il suo dolore spelacchiato. La videro ricomparire qualche ora piú tardi e sedersi al bar e poi alzarsi a proseguire verso casa. La videro in bicicletta che faceva qualche chilometro con il dolore nel cestino e saliva su verso il confine in piedi sui pedali per vedere se era poi cosí diverso. Chini sulla lettera, allargarono gli occhi di sorpresa e di speranza. Ma videro il puntino della bicicletta che tornava indietro prima di arrivare alla frontiera. Scorsero poi la bicicletta davanti al cimitero. Non riuscirono però a distinguere la bambina, allora la ricordarono: cosí fu piú facile trovarla, seduta sulla tomba di suo padre. Poi videro la macchina parcheggiata per intervalli di tempo sempre piú lunghi sotto l'ospedale. Dopo uno di questi intervalli la macchina si diresse verso la costa con dentro la mamma, la bambina e il suo dolore. Curva dopo curva ci arrivarono e camminarono con i piedi nudi sulla spiaggia. Il dolore della bambina vide per la prima volta il mare e si tuffò. Poi la macchina tornò parcheggiata sotto l'ospedale, e furono giorni e furono settimane senza che sulla mappa nulla si muovesse. Ogni tanto credettero di vedere un puntino spostarsi lungo le strade intorno al palazzo scuro dell'ospedale, ma non ne furono certi, e forse lo confusero con gli altri puntini che si spostavano alla stessa maniera sconsolata.

Ma poi, appunto, le lettere si fecero piú brevi, e le mappe aeree sempre piú confuse. Con il passare del tempo, per quanto aguzzassero la vista, l'uomo e il suo dolore non riuscivano piú a distinguere le cose. Dove pensavano ci fosse una bambina trovavano una signora, una macchina era invece un furgone che consegnava il pane ai ristoranti. Una volta pensarono di vedere un corteo funebre, si intristirono molto pensando alla madre della bambina, e invece poi si resero conto che era soltanto un nuovo semaforo all'incrocio.

Poi non videro piú niente, e la buca delle lettere restò vuota. All'inizio l'uomo scese comunque le scale tutti i giorni, ma poi a furia di affacciarsi sopra il vuoto della buca rinunciò. Le scrisse comunque chiedendole notizie. Addestrò le parole perché la torturassero di dolcezza, ma non serví: le parole partirono e si smarrirono oltre la linea del confine. Le addestrò perché la facessero arrabbiare, ma finirono disperse anche in quel caso. Le addestrò perché avessero pena di lui che le scriveva, ma ancora una volta fu invano. Infine le addestrò perché si vendicassero di tutto quel silenzio, ma tornarono indietro sfinite, e senza forze si buttarono a dormire sul tavolo da cui l'uomo le aveva fatte partire tanto tempo prima. Allora si sentí in colpa nei confronti della bambina e delle parole. Le lasciò libere di andare dentro i fogli, di raccontare le storie che volevano, e ascoltò quello che avevano da dire.

Se perse la bambina – ammesso che la perse davvero – gli restò però la misura dell'amore. Fu con quella che l'uomo cominciò ad andare in giro per la città. Altro non era, poi, che una formina di quelle che i bambini usano in spiaggia per trasformare in mondo la sabbia, per farla diventare castello, casa, automobile, fiore, farfalla. Ogni donna che incontrò, l'uomo provò a farla entrare lí dentro, certo che quella che l'avesse calzata alla perfezione sarebbe stata la donna con cui avrebbe diviso la vita. Ma la forma era quella della bambina, e l'uomo sapeva che solo lei, e probabilmente neanche piú lei, l'avrebbe riempita del tutto.

Grazie alle donne scoprí la città. Una di loro lo caricò su una macchina, fecero un po' di chilometri e raggiunsero il fiume. Lí si spogliò, l'uomo fece lo stesso, si buttarono in acqua e nuotarono finché furono stanchi. Il dolore dell'uomo prima restò sulla riva poi si lanciò. La sera tornarono verso casa con la musica alta e i finestrini abbassati. Fecero la stessa cosa per quattro domeniche, poi non si videro piú. Fu un'altra donna a portarlo in cima alla città e a fargliela vedere dall'alto. L'uomo prese un foglio, iniziò a disegnarla a matita, e si rese conto che la mappa era uguale a quella che aveva disegnato quando era bambino. Solo che nello spazio tra la chiesa, la piazza e la ferrovia c'erano piú case. Tra queste vide la sua, individuò la stanza, il cubo dentro cui stava raccolta la sua vita in città. Mise la mappa nel portafoglio e lí dentro cominciò a sbiadire come sbiadí la donna che gli faceva vedere le cose dall'alto. Un'altra donna lo portò al cimitero, e l'uomo ne fu contento. Però i morti erano troppi, e la donna li preferiva ai vivi. L'uomo le disse che la capiva ma che il suo posto era fuori da lí. La lasciò inginocchiata a pregare una sorella che le aveva portato via il sonno e si perse nei reticoli delle strade. Lí incontrò un'altra donna e imparò la notte. Con lei rovesciò la città e cominciò a vivere all'incontrario. Uscí quando era buio, e di giorno fece buio dentro la stanza. La città rovesciata gli piacque. Per mesi ballò fino alle prime ore dell'alba, e per mesi, ininterrottamente, le orecchie gli fischiarono come fischia il treno infilando una curva. I tram suonarono fuori dalla finestra quando lui cercava di dormire e lui lanciò delle maledizioni. Poi un giorno si svegliò, pensò che era troppo e rovesciò di nuovo la città. La città tornò come prima, con il cielo sopra la testa dell'uomo, e la notte sotto la rete del letto. La donna lo cercò per un po', dopo si stancò.

Una donna gli fece perdere la testa, ma non si affezionò mai al suo dolore. Con lei l'uomo scoprí il proprio corpo, ne comprese l'esaltazione, e camminò piú dritto per la città. I tetti si abbassarono, e tutto fece meno paura. Ma la donna non smise mai di provare a cacciare via il dolore dell'uomo. Non ci riuscí mai per davvero, ma tentò di addomesticarlo, e quando l'uomo si accorse che il suo dolore era diventato un dolore innocuo ed educato, si tenne l'esaltazione del corpo ma rinunciò alla donna a cui la doveva.

Una donna volle bene al suo dolore, e con lei l'uomo pensò che sarebbe stato facile immaginare una vita. Insieme fecero viaggi, scoprirono nuove città. Per un po' lei si trasferí nella sua stanza. L'uomo le fece spazio dentro l'armadio, il dolore si fece prendere in braccio. L'uomo lesse alla donna le poesie che scriveva, lei lo incoraggiò a scriverne ancora. Gli chiese chi fosse la bambina a cui dedicava ogni verso e l'uomo mentí, ma la donna capí lo stesso e non fu gelosa e continuò a incoraggiarlo. Passò il tempo, però, e la donna si affezionò ogni giorno di piú al dolore dell'uomo. Lui all'inizio non ci fece caso, ma poi si accorse che se non c'era il dolore la donna non lo ascoltava. Quando l'uomo andava a lavorare, la donna passava tutto il tempo con il suo dolore. Un pomeriggio lui tornò prima del solito e la trovò sulle scale che si portava via il dolore dell'uomo. Lui glielo strappò dalle braccia e non la volle vedere mai piú. Poi ne sentí la mancanza.

Qualche donna provò a lasciargli il proprio dolore, ma ormai l'uomo conosceva il prezzo che si pagava a tenere il dolore di un altro. Per cui declinò. Ogni volta tornò cosí a camminare da solo per strada, con in tasca la misura dell'amore che la bambina gli aveva lasciato. Ma continuò ad andare a fare il bagno al fiume, e fece dei lunghi viaggi, e ogni tanto, finché ne ebbe voglia, rovesciò la città, mise la notte sopra la testa, il cielo sotto il letto, e per qualche giorno visse a testa in giú e fu contento di farlo.

L'ultima lettera che scrisse alla bambina, fu per dirle dei binari. L'uomo li aveva lasciati all'arrivo in città, scendendo dal treno, e li ritrovò una sera camminando dopo cena. Fu il dolore a scovarli, sebbene fossero rimasti là dove erano da sempre. Corse incontro all'uomo, e dopo lo precedette sul cavalcavia. L'uomo arrivò in cima, si appoggiò al parapetto e si mise a guardare. Contò i binari che c'erano, si perse nell'intreccio degli scambi. Li seguí con lo sguardo fino a dove si assottigliavano in una linea sola. Alla fine di quella linea, pensò, c'era la bambina.

Le scrisse che alla fine del cavalcavia c'era un altro pezzo di città che prima non sapeva esistesse. Da quando l'aveva scoperto ci andava tutti i giorni a far correre il dolore. In quel posto la sera non c'era mai nessuno, salvo piccoli gruppi di uomini raccolti sotto la luce di un'insegna. Per le strade, le scrisse, ogni notte vedeva dolori abbandonati che si aggiravano nel buio. Andavano in gruppi di due o tre, ma piú spesso da soli. Si spostavano lungo i muri dei palazzi, con gli occhi che bucavano l'oscurità con uno spillo. Qualcuno di loro beveva alle fontane. Qualcun altro compariva all'improvviso da dietro un albero, attraversava la strada e poi non si vedeva piú. Altri seguivano per qualche metro una macchina o un motorino che passava ma poco dopo rinunciavano. La maggior parte di loro però non andava da nessuna parte. Stavano sdraiati in terra, accanto alle gomme delle macchine, sotto i portoni, sopra i marciapiedi. Quando l'uomo e il suo dolore passavano, quasi nessuno alzava la testa.

Però una sera un gruppo di dolori abbandonati all'improvvisò si accodò. L'uomo probabilmente non se ne accorse subito, ma quando guardò il muro della casa vide un'ombra lunga che gli andava dietro. Si voltò e si accorse che a ogni metro un altro dolore si tirava su da terra per unirsi al corteo che si aggirava per quel pezzo di città. L'uomo guardò il suo dolore in testa al gruppo e lo vide contento di essere il primo. Lo scrisse alla bambina, e le scrisse anche che tra i dolori che lo seguivano gli era sembrato di vedere il suo dolore spelacchiato. Forse gli assomigliava soltanto, forse era proprio lui.

Le scrisse che in quel pezzo di città aveva trovato anche una casa, e che ci si sarebbe trasferito poco dopo. Le scrisse che era piú facile non sentirsi solo, in mezzo a tutta quella solitudine. La casa non era grande, ma per lui era piú che sufficiente. Costava poco, il che andava bene per i suoi piccoli guadagni. Dalla finestra si vedevano i treni, si sentivano i fili che friggevano per annunciarli. L'uomo ne conosceva provenienze e destinazioni, aveva il libretto degli orari chiuso in un cassetto. Lo tirò fuori e le scrisse l'elenco delle stazioni che separavano il paese dalla città. Erano tante e riempirono metà del foglio. Quando ebbe scritto il nome dell'ultima stazione sentí la risata della bambina sottile al fondo dell'elenco, tra i buchi del citofono, in cima a quel palazzo, di fronte alla stazione del paese.

Dopo qualche mese ritrovò la busta nella buca, e sopra c'era scritto Indirizzo Non Trovato. Ma erano settimane che l'uomo non la pensava piú.

Il dolore se ne andò poco prima che scendesse la notte, e l'uomo lo lasciò andare. Non fu una fuga, perché se fosse scappato gli sarebbe corso dietro: l'aveva già fatto tante volte, e tante volte lui l'aveva cercato spaventato. Grazie a quelle fughe e a quegli inseguimenti erano stati insieme tanto tempo. Quell'ultima volta fu per scelta. Non ci fu una richiesta di autorizzazione e nemmeno un permesso. Passarono in rassegna le cose distribuite per la stanza, mostrandosi l'un l'altro gli oggetti e chiedendosi pareri. Il dolore non rivendicò quasi nulla per sé, ma non fu per senso di colpa. Tra le cose comuni, l'uomo scelse per il dolore quelle piú leggere da portare. Gli diede lo zainetto che una donna gli aveva cucito e regalato, ma che lui non aveva mai indossato perché era troppo piccolo. Ci mise dentro dei biscotti e aggiunse un'agendina con il suo nome e l'indirizzo a cui tornare.

Il resto fu facile da spartire. L'uomo volle per sé i quaderni e le matite, ma lasciò al dolore la coperta perché si potesse riposare. Prima di infilarla dentro lo zainetto, l'annusò e ci trovò dentro l'odore della bambina sottile. L'uomo si tenne anche la stanchezza e diede al dolore la velocità e una pallina per esercitarla. La paura la divisero in due perché ce n'era troppa: anche dimezzata la casa ne era ancora piena. Quindi furono alla porta e scesero insieme le scale del palazzo. Aprirono il portone, di fronte passava il tramonto e in lontananza si vedevano le luci indebolirsi sopra la città. L'uomo guardò il dolore con il suo zainetto sulle spalle e si chiese se da solo ce l'avrebbe fatta. Il dolore abbassò gli occhi facendo finta di annusare in terra. Poi si voltò e senza muovere la coda si mise a camminare, mentre alle sue spalle il portone si chiudeva.

L'uomo salí le scale, entrò in casa e si buttò sul letto. Poi si tirò su e per consolarsi guardò i tetti. Si ripeté che nessuna macchina avrebbe investito il suo dolore e che avrebbe trovato da solo altri biscotti da mangiare. Sapeva che si sarebbero rivisti spesso. Si pentí di non averglielo chiesto ma fu solo per un attimo. Quindi rimise in ordine la stanza. Si addormentò con la faccia verso il muro, mentre oltre i vetri il giorno si alzava in piedi.

Il sonno prese l'uomo senza che se ne accorgesse: lo raccolse nella piena e come sempre, al fondo della discesa, c'era l'altro bambino che l'aspettava in mezzo ai boschi. Era sempre tutto uguale ma senza il dolore del padre a vigilare. L'uomo chiese all'altro bambino di accompagnarlo a cercare la bambina. Attraversarono i binari, e quando arrivarono alla casa chiamarono a voce alta dalla strada. Si affacciarono una donna che non era la madre e una bambina che non era lei. Dissero che non abitavano piú lí. E chiusero la finestra.

Intanto arrivarono dei treni e ripartirono. Ogni volta scese qualcuno. Qualcun altro salí e comparve poco dopo seduto oltre il finestrino. Quando l'uomo disse che era pronto per andare a sedersi alla tavola dei suoi genitori, l'altro bambino gli disse che non ce n'era piú bisogno. Ma lo accompagnò comunque sotto la loro finestra. L'uomo vide la madre e il padre anche se loro non videro lui. Stavano in piedi contro il frigorifero, tenuti in ostaggio dal dolore del padre in piedi sopra il tavolo, e per la prima volta sentí una grande pena per entrambi.

Infine s'incamminarono. Prima fu la piazza poi l'asilo, quindi il sentiero, l'ombra, l'aria fredda e l'erba alta. Quando venne il momento di salutarsi si abbracciarono. Poi l'altro bambino non prese la via di casa, ma sparí tra gli alberi del bosco. L'uomo lo vide salire a passo svelto, e dopo si tuffò.

Il resto fu la città. Gli altri padroni di dolori continuarono a invitarlo, e l'uomo per qualche tempo rifiutò. Presentarsi da solo e con tutto da spiegare era una fatica troppo grande. Preferí dire che non stava bene, che era stanco, che doveva lavorare. Stare senza il suo dolore gli chiuse lo stomaco ma gli aprí la città. L'uomo prese gli autobus, i tram e la metropolitana, e conobbe anche il sottosuolo. Non poté impedirsi, né sopra né sotto la città, di cercare il suo dolore. A volte gli sembrò di vederlo e invece era solo un dolore uguale al suo. A volte gli passò a pochi metri di distanza mentre beveva una birra seduto a un tavolo all'aperto. Una sera non lo riconobbe: non che fosse diverso dal solito, ma giocava insieme ad altri e l'uomo stava correndo verso la fermata. Ma forse in realtà se ne accorse. Arrivato a casa si mise a letto, scrisse una poesia e gliela dedicò.

Quindi dormí un sonno profondissimo. Al mattino appese la poesia al muro con una puntina, in mezzo a tutte le altre cose. Dopo si affacciò. Vide un uomo solo alla finestra e pensò al padre. E vide una donna sola su un balcone e pensò alla madre. Tornò dentro, si sedette al tavolo. Prese un foglio e scrisse «Cari». Poi non continuò.

Quando ormai non l'aspettava piú, il dolore ritornò. Lo fece semplicemente perché quella era la sua casa. Rientrando, l'uomo lo trovò sdraiato accanto al letto come sempre. Aprí la porta e il dolore saltò di contentezza, e saltò anche lui, e insieme a loro saltarono anche i tetti della città che premevano oltre la finestra per vedere. Si guardarono e si trovarono cambiati. Si guardarono e non erano diversi.

Dove fosse stato il dolore in quel periodo non importa. L'uomo se lo chiese qualche volta, provò a ipotizzare una risposta, e poi se ne dimenticò. Lo trovò sporco abbastanza da sembrargli libero. Lo guardò e gli sembrò uno di quei dolori randagi che abitavano in quella parte di città. Forse era lí, molto semplicemente, che era stato. Accanto alle macchine parcheggiate, negli androni dei palazzi, sotto le panchine delle fermate dei tram. Forse era entrato dentro case che lui non conosceva e in cui forse non sarebbe nemmeno entrato mai. Di sicuro, però, lo sguardo che aveva il dolore era come un paesaggio. Se solo avesse voluto guardare lí dentro l'uomo avrebbe visto posti della città in cui non era mai stato, spazi rimasti esclusi da tutto, strade fuori mano, fabbricati dismessi, uomini addormentati sui sedili di auto parcheggiate in periferia, bar vuoti, finestre accese tutta la notte, donne che urlavano dentro un telefono, ragazzini che non dicevano niente e guardavano fuori dalla finestra. Se l'avesse fatto, avrebbe visto tutte queste cose e tante altre diverse, e avrebbe visto però che quegli occhi non erano tristi.

Per un attimo l'uomo sembrò di nuovo bambino, il dolore un cucciolo, e la città oltre la finestra un paese. Ma fu un attimo solo e se ne accorsero entrambi. L'uomo mostrò al dolore tutte le poesie che gli aveva dedicato e appeso alla parete. Gliele lesse ad alta voce e il dolore agitò la coda, ma il suo sguardo per un momento si intristí. L'uomo lo accarezzò. Poi con un salto il dolore portò sul letto lo zaino che il padrone gli aveva regalato. Era pieno di cose colorate. Per qualche ora sembrò la notte di Natale. L'uomo prese i regali tra le mani e li scartò. Dallo zaino vennero fuori un fischietto e un vetro rotto, poi un fiore preso da una tomba e il laccio di una scarpa. E ancora: la sirena di un'ambulanza, un grido, le scarpe di un neonato che nessuno avrebbe mai messo. Poi un sussurro, lo spiffero sotto la porta, due parole rotte e una di consolazione, l'alba, l'odore acido della paura e una dichiarazione d'amore disegnata sopra uno scontrino. Il dolore le rovesciò sul letto. L'uomo le distribuí per la casa, poi guardarono l'insieme e pensarono che cosí poteva andare. Quindi si abbracciarono, e con lo zaino vuoto il dolore ripartí.

Da allora il dolore andò e tornò senza preavviso. Certe sere l'uomo supplicò invano che arrivasse e piú volte durante la notte si svegliò per controllare sotto il letto. Altre sere avrebbe voluto essere lasciato in pace. Una notte il dolore si infilò in casa mentre il suo padrone era dentro il letto con una donna: la donna urlò per lo spavento, lo insultò, prese le sue cose e se ne andò. Loro risero e la guardarono partire infuriata in sella a un motorino. Un pomeriggio l'uomo incontrò il dolore per le scale mentre stava uscendo, e poi passeggiarono lungo la ferrovia. Tutte le volte il dolore portò il suo zainetto, lo svuotò ai piedi del padrone e insieme guardarono il bottino colorato. Gli portò delle foglie cadute, dei ragni, un guanto, la carta di una merendina, una sigaretta cominciata e poi buttata in terra. Gli portò anche un ciuffo di peli. L'uomo fu sicuro che erano del dolore di suo padre. Poi gli portò un piatto con dentro una polpetta senza gusto, e la scheggia di una panchina, e un biglietto del treno, una castagna, l'odore della sua stanza di bambino. Quando lo zainetto fu vuoto, qualche volta presero un gelato e leccarono i colori fino a che furono spariti.

Prima di ripartire, il dolore controllava che sul fondo dello zaino non fosse rimasto niente. Trovava sempre qualcosa e la consegnava al suo padrone. Un giorno fu un anello, un altro lo sguardo di un bambino dopo il primo schiaffo di sua madre, un altro ancora la punta affilata di un brutto mal di testa. Una sera, infine, non fu dimenticanza ma imbarazzo: prima di partire tirò fuori dallo zaino una lettera della bambina che non era mai arrivata. Quindi se ne andò.

Il timbro riportava la data di tanto tempo prima. L'uomo mise la lettera nella tasca della giacca, e per molto tempo non l'aprí. Si potrebbe anche dire che se ne dimenticò, ma sarebbe una bugia. Indossò quella giacca tante volte, e tante volte se la tolse e l'agganciò a un attaccapanni. La appese alle maniglie delle porte, la sistemò dietro la sedia degli uffici che cambiò, l'appoggiò sulle gambe seduto in autobus attraversando la città, la usò come coperta su un aereo, l'agganciò a un ramo, se la dimenticò su un treno e andò poi a recuperarla in un'altra città pagando per riaverla indietro. Quando poi cambiò giacca, spostò la lettera, e ricominciò a portarla in giro.

Perché lo fece non si sa. Non era per paura né per scaramanzia. Forse gli piaceva indossare le parole della bambina sottile, mettersele addosso, averle come testimoni della vita che gli succedeva o, viceversa, di quella che era già successa. Portò la giacca a lavare, e la signora gliela restituí insieme alla busta con la lettera. Gli disse che l'aveva salvata all'ultimo dalla lavatrice. L'uomo la prese, si sentí in dovere di spiegare e non ci riuscí. Pronunciò una frase in cui disse che era di una bambina che abitava in un paese, ma con quella frase la signora non seppe cosa fare. Gli chiese se era sua figlia. L'uomo la guardò molto sorpreso e disse no, e aggiunse che non aveva figli. Dopo si scusò per quello sguardo che la signora comunque non aveva visto. Pagò e camminò per la città sempre tenendo in mano la lettera della bambina Camminò per le vie del centro. Entrò in un caffè, incontrò delle persone che conosceva, le salutò e si sedette vicino alla vetrina. Appoggiò la lettera sul tavolo, aprí un quaderno, scrisse qualche parola e poi lo chiuse.

Infine prese la via del ritorno. Passò sotto la sua prima casa, alzò lo sguardo verso la finestra. Gli sembrò molto piccola. Provò a ricordarsi le persone con cui aveva diviso l'appartamento, ma non le trovò nemmeno dentro la memoria piú lontana. Raggiunse la stazione, costeggiò i binari fino al cavalcavia. Quando fu nel punto piú alto si fermò a guardare la rete dei binari. Vide i treni parcheggiati, tre o quattro vagoni lasciati lí da anni senza mai partire. Gli venne voglia di lanciare dal parapetto la busta con dentro la lettera della bambina. Non per liberarsene ma per vedere il volo, per seguirne la traiettoria, scommettere sul punto di caduta, guardare quel rettangolo bianco da qualche parte fra le traversine. Non lo fece, anche se ormai non importava piú.

Quando fu a casa, strappò la busta e rovesciò sul letto tutte le parole che per tanto tempo erano rimaste chiuse dentro. Provò a metterle insieme in un disegno. Insieme fecero la faccia della bambina sottile, e lei parlò. L'uomo si sedette su una sedia accanto al letto e la ascoltò. La bambina gli disse poche cose guardandosi le mani. Gli disse che cambiava casa e che era contenta perché era fuori dal paese, sulla strada che portava al confine. Gli ripeté due volte l'indirizzo e lui prese un foglio per segnarlo ma poi lo lasciò bianco. Gli disse che al funerale della madre erano venuti in tanti, ed era stato bello. Gli disse che cosí adesso era diventata orfana anche lei. Poi aggiunse Orfana come tutti, e fece una specie di tristissimo sorriso. Lo ringraziò per aver mandato al funerale il suo dolore, era stata una sorpresa. Gli disse che anche se era rimasto in fondo alla chiesa, tra tutte le presenze era stata la piú bella. Gli disse che quando l'aveva visto le era sembrato per un attimo di vivere dentro una favola per bambini, ma poi aveva guardato verso la bara di sua madre e aveva capito che non era vero. L'uomo pensò al suo dolore e ne fu orgoglioso. Lo pensò in fondo alla chiesa e pensò alla solitudine di tutti. Quel pensiero gli gonfiò il petto e ne uscí un sospiro cosí grande che fece volare via le parole della bambina. Si alzarono sopra il letto, caddero sul pavimento e fu una nevicata. Lui le vide scendere giú, sopra le piastrelle del pavimento e sopra la casa nuova della bambina, lungo la strada che portava al confine. In mezzo alla neve che cadeva vide una finestra accesa, e dietro vide una bambina che la guardava venir giú. Vide tutto questo e pensò che era già successo tanto tempo prima.

In quel momento la luce si spense e la bambina restò al buio. La neve scendeva ancora giú. Pochi chilometri piú su vide il confine, e una sbarra che si alzava e si abbassava. A quel punto l'uomo prese un foglio pensando alla bambina sottile. Scrisse «Cara» e quella parola fu di nuovo una maniglia: ci appoggiò sopra la mano e spinse giú. Anche se questa non è una favola per bambini, le scrisse, questi siamo noi.

Se fosse una favola per bambini, dovrei farla finire con una vita che inizia. Finirebbe cioè con un nuovo C'era una volta. Ci sarebbe un letto d'ospedale, e accanto un dottore e degli infermieri. Sopra il lettino ci sarebbe una donna che soffia e che grida, che grida e che soffia. La donna sarebbe forse la stessa che stava appostata dietro la finestra a guardare la neve, ma forse no, e d'altra parte non è una cosa che possiamo sapere. Un passo piú in là ci sarebbe l'uomo e l'uomo le terrebbe la mano soffiando ogni volta che soffia la donna. Poco oltre, dietro un vetro, ci sarebbero il dolore dell'uomo e quello della donna. Agiterebbero entrambi la coda e guarderebbero quella scena appannando il vetro con il respiro.

Se questa fosse una favola per bambini, a un certo punto, anche se non del tutto inaspettato, farebbe capolino un bambino. Sarebbe mattina presto, e fuori ci sarebbe una città o forse un paese. Dentro la città, dentro una stanza, piangerebbe il nuovo bambino, piangerebbe la donna sdraiata, piangerebbe l'uomo che le tiene la mano. Sarebbero tre pianti tutti diversi, ma in fondo sarebbe lo stesso. Sarebbero tutti e tre disperati, sarebbero tutti contenti. Oltre il vetro, i loro dolori guairebbero appena per non svegliare il nuovo bambino.

Accadrebbe cosí che all'alba di un giorno qualsiasi l'uomo e la donna diventerebbero un padre e una madre, e il bambino un bambino. Farebbero tre sorrisi e sarebbero tre sorrisi diversi. Poi il bambino vedrebbe i due dolori scodinzolare accanto alla culla. Forse li troverebbe belli, forse li troverebbe brutti. Forse desidererebbe averne uno per sé e piangerebbe per questo. Forse la madre glielo darebbe per consolarlo. Forse invece lo prenderebbe in braccio e l'accarezzerebbe. Forse non penserebbe a niente, piú probabilmente penserebbe ad altro. Ma certo è che se fosse una favola per bambini quello sarebbe un inizio, e questa sarebbe la fine.

Ma questa non è una favola per bambini, e qui seduto al tavolo c'è un uomo che scrive. Accanto a lui c'è una finestra. Oltre la finestra c'è una città qualsiasi, come tutte le città. C'è una strada, una piazza, un bar, una chiesa, un cimitero e una ferrovia. E ci sono anche dei boschi, un fiume e delle montagne. Lungo quel fiume l'uomo ogni giorno va a camminare. Segue il corso dell'acqua e all'imbrunire torna indietro. Spesso è da solo, a volte gli corre dietro il suo dolore. È un dolore ordinario, quello dell'uomo, talmente comune che a volte qualcuno gli fischia credendo sia il suo. È un po' spelacchiato, ha il muso di un cucciolo ma la stazza di un dolore molto piú grande. A volte, purtroppo, il dolore aggredisce e l'uomo non sa mai come chiedere scusa. Per questo non sempre lo porta con sé. Per questo tutti i giorni quest'uomo si siede al tavolo, accanto alla finestra, apre un quaderno, apre una pagina nuova, e ce lo fa correre dentro.

Ringraziamenti.

Intorno a un libro che nasce si crea sempre una piccola comunità fatta di luoghi e persone che si prendono cura dell'estrema solitudine di chi lo scrive. A quella comunità voglio esprimere la mia piú profonda gratitudine. Grazie dunque alla Dutch Foundation for Literature, all'Internationales Künstlerhaus di Bamberg, a Beatrice Monti della Corte e alla Fondazione Santa Maddalena. E a Monica Aldi, Ester Armanino, Bianca Battaggion, Ilide Carmignani, Mara Cerri, Lorenza Codignola, Ylenia D'Autilia, Giorgia De Angelis, Elena Filippini, Marcella Fortunato, Edoardo Fracchia, Ernesto Franco, Anna Fubini, Paola Gallo, Viviana Gottardello, Maria José de Lancastre, Guadalupe Nettel, Federica Niola, Angela Rastelli, Alberto Rollo, Claire Sabatie-Garat, Tiziano Scarpa, Stefano Tealdi, Nadia Terranova, Marco Vigevani, Marina Warners, Daniele Zito, Claudia Zonghetti. E a Elena, sempre.

«Questa povera città non è rea d'altro che di non avermi fatto un bene al mondo».

(Giacomo Leopardi a Pietro Giordani,
30 aprile 1817).

Stampato per conto della Casa editrice Einaudi
presso ELCOGRAF S.p.A. - Stabilimento di Cles (Tn)

C.L. 21315

Ristampa						Anno			
1	2	3	4	5	6	2016	2017	2018	2019